花未央，人未老

（精装纪念版）

丁立梅 著

作家出版社

图书在版编目（CIP）数据

花未央，人未老：精装纪念版 / 丁立梅 著. -- 北京：作家出版社，2019. 10
ISBN 978-7-5063-9561-8

Ⅰ. ①花… Ⅱ. ①丁… Ⅲ. ①散文集–中国–当代
Ⅳ. ①I267

中国版本图书馆CIP数据核字（2017）第163530号

花未央，人未老：精装纪念版

作　　者：丁立梅
责任编辑：省登宇
装帧设计：张亚群
出版发行：作家出版社有限公司
社　　址：北京农展馆南里10号　　邮　　编：100125
电话传真：86-10-65067186（发行中心及邮购部）
　　　　　86-10-65004079（总编室）
E-mail:zuojia@zuojia.net.cn
http://www.zuojiachubanshe.com
印　　刷：北京中科印刷有限公司
成品尺寸：142×210
字　　数：180千
印　　张：10.5
版　　次：2019年10月第1版
印　　次：2019年10月第1次印刷
ISBN　978-7-5063-9561-8
定　　价：48.00元（精）

ISBN 978-7-5063-9561-8

目录

第一辑　光阴如绣，蔓草生香

时光大度而宽容，足够一个小生命，编织出属于它自己的梦。

第二辑　买得一枝花欲放

哪怕你口袋里穷得只剩下一文钱，你也要花半文钱去买枝花，芬芳你自己。

第三辑　森林笔记

生活的简练也来自内心的真诚。你过着怎样的生活，有时，取决于你的内心。

第四辑　天上有云姓白

天上每天都有白云飘过，不知有没有一朵云上有他。

第五辑　昨日重现

有一刻，总有那么一刻，我们的心，别无所求，纯净得如同婴儿。

第六辑　你在，就心安

亲爱的人，你必得在我眼睛看到的地方，在我耳朵听到的地方，在我手能抚到的地方，好好存活着。

第七辑　风知道

没有谁的记忆，比风的记忆更长久。我们以为许多的经过，经过就经过了，了无痕迹。其实，风都给细细收着呢。

序

我和那人，静静地站在一座桥上。

桥下是河。河不宽阔，因久未浚通，整条河便显得很有些野性十足的了。

河边多杂草。白茅、蒿子、艾、狗尾巴草、野豌豆、看麦娘，总有不下几十种的。它们相融相生，不吵不闹，和睦亲厚。

这里远离闹市。天是它们的天，地是它们的地，河水为邻，清风做伴，它们心思单纯，日子简单。

这才有了动人的天真。

是的，天真。每一棵草，都是天真的。它们只认真地做着它们的草，不慕热闹，不慕荣光，随遇即安，自成风景。

那人忽然笑起来，说，我知道你在看什么。

我也笑了，说，我也知道你在看什么。

婚姻多年，我们对彼此太了解了。我在看河岸边的花。他在看水，猜测着水里面会有什么样的鱼。

一定有鱼的，他说。

我微笑，眼光一直盯着那些花。

花在杂草丛中。我是第一眼就看到了的，并在心里面准确地叫出它们的名字。两三串红。四五朵紫。还有两簇浅浅的粉。红的是红蓼。紫的是野牵牛。粉的是一年蓬。

没有一朵花不是美的。

它们的容颜是美的。它们的姿态是美的。它们安静的微笑，也是美的。我以为，人类一切的美，都源于花朵。它们是诗和画。是音乐和舞蹈。是艺术中的艺术。它们是真性情真热爱。

想起呼伦贝尔大草原上的野玫瑰。它们点缀着山坡，点缀着河谷，点缀着草原，点缀着草原人的梦境。年老的牧羊女，安静地坐在山坡上。她用手比画着给我看，春天，这满山坡都开着野玫瑰呀，又大又香，可好看了！

她说着说着，笑起来，又满足又安然。

我为她那句"可好看了"动容。视觉带来的愉悦，有时超过一切。而花朵，是视觉最大的福祉。

亦想起布达拉官山顶的平台上，大朵大朵艳艳的大丽花，沸沸地开成一片。着喇嘛红僧衣的僧侣们，走过那些花旁，衣映着花朵，花朵映着衣，让人只觉得眼前都是光明灿烂。那画面，实在美极了。佛的世界，也离不开花的。一花一菩提。

武汉的木兰山上，我气喘吁吁登上山顶，被石缝里的一朵小野菊，摄去了魂。它从石缝里，挣扎着挺起大半个身子，撑起黄艳艳的一张小脸蛋，微笑着向我致意。那会儿，我想到悲剧的美。可是，又不是这样的，对于那朵小野菊来说，这根本无悲可言。活着，能盛开，就是圆满，就是快乐。

杭州的山沟沟里，满目是秋的衰败，一撮红，现身在悬崖峭壁之上。是些盛开的野杜鹃。清冷的山谷，立时有了温度。那日，我在悬崖下站了很久，仰望着那撮红，直到脖子酸。

是的，随便走到哪里去，我首先寻找的，必是花。遇见，必止步，细细端详，静静欢喜。

有花在开，这个世界，就仍有美好在。

几千里的奔波，我只是来看花的。

花未央，人未老。如此，甚好。

第一辑
光阴如绣，蔓草生香

时光大度而宽容，足够一
个小生命，编织出属于它
自己的梦。

光阴如绣，蔓草生香

时光大度而宽容，足够一个小生命，编织出属于它自己的梦。

一

买来的生姜，忘了吃它，它兀自在塑料袋子里，长出芽来。哦，不，不对，那不是芽了，它有枝有叶，绿意盈盈，简直就是一株植物的模样了。

我把它移到花盆里，对它说，亲爱的姜，你长吧，按你自己的心意，长成你想要的样子。

我听见它的欢笑。

是的，生命中，能按自己的心意生长，是件多么愉快的事！

同样这样长着的，还有红薯。还有绿豆。还有葱。

亦是忘了吃它们。它们就悄悄地退到一边，发芽，抽茎，长叶，端出一捧的绿来给我看。

时光大度而宽容，足够一个小生命，编织出属于它自己的梦。

二

早起，去看昨天开着的那朵扶桑。只一朵红，缀在我的窗台上，明艳得像红唇。楼下走过的人，抬头，都能看得见。

他们问，什么花啊，那么红！

我欢喜地答，扶桑啊。

现在，它已萎了。

生命的灿烂也只是一日工夫。但我知道，灿烂不在时间的长短。我已记住了它的模样。昨天的风也记住了。云也记住了。鸟也记住了。

昨天的云，落满窗。一只鸟儿，停在我的花旁，啁啾了大半天。

三

紫薇的花开得茂盛极了。小城的路边都是，或红或紫，或蓝或白。一撮一撮，拼尽颜色，不藏不掖，有着傻傻的热情。

看着它们，本是清素的心，也变得灼热起来，想笑，想爱，想对这个世界好。

还有木芙蓉和木槿，也是赶着趟儿地开。

还有合欢。已是秋了，它们居然还在开着花，柔情不减。

我在合欢树下走。我踮着脚尖，朝它们的花朵伸出鼻子去。旁边有人不解，看我。我说，香。那人也把鼻子凑过去，脸上有了笑意。

合欢的香，是小儿女的体香，那种浅淡的甜。让人的心发软。

还有一种树的叶子也极好闻，像薄荷。我每每走过它身边，都会去摘上两片叶子，放口袋里。

四

喜欢在黄昏时，出门去。

这个时候，万物都着上了温柔色，无一不是好的。

天上的云，开始手忙脚乱地换装，在太阳离去夜幕降临前，它们总要来一场大型演出。赤橙黄绿青蓝紫——云的演出服，可真是多得数不清。

换好装的云，疯跑起来。不过眨眼工夫，它们就都汇聚到天边。天边的色彩变得繁复起来，斑驳得如同堆满了油画。又是奢华的、变幻莫测的。云的舞姿，实在太出神入化，曼妙得叫夕阳都融化了。

人不知道，他是多么有福分，每天都能欣赏到这样一场隆重的演出，且是免费的！人总是急急地往前赶、往前赶，硬生生错过了多少这样绚烂的黄昏。

我不急。我遇见了，必停下脚步，把它们看个够。

生命中的遇见，如此有限，这个黄昏走了，也便永远走了，不可再相见。然浮世的追逐，却是无限的，得失名利，哪有尽头？用有限，去换无限，那是顶不划算的事。我不愿意。

我愿意把我生命的三分之一匀出来，交给光阴，只为听听风吹，看看花开。只为在这样的黄昏底下，携一袖清风，看看云的演出。

五

想在白云垛上种点什么。

那真是一垛一垛的白云垛，它们一个挨着一个，随意而又散漫地席蓝天而坐。像丰收过后，晒场上蹲着的棉花垛。又像小时的我们，托着下巴，在田埂上坐着，等着谁给讲故事。

谁给它们讲故事呢？又会讲一个怎样的故事呢？

——我多想知道。

是不是关于小花和小蚂蚁的？是不是关于青草和羊群的？是不是关于溪水和小鱼的？

我想在那白云垛上，种上草。嫩绿的、翠绿的、青绿的、碧绿的草，配上这样的白，多么相称。风撑着青草的长篙，以云为舟，自由来去。真个是光阴如绣，蔓草生香。

一棵树，一个人

他不知道，所谓的尽头，其实就在他的脚下，只要他肯慢下来，他就能够抵达。

从前人家，孩子刚出生，会在院子里栽一棵树。

树一天天长高，孩子一天天长大。

树长高了，它的根会在院子里越扎越深，枝叶蓬勃得遮挡住半个院落，再大的风也吹不走它——除非人为的砍伐挖掘。

孩子长大了，心却生出翅膀来，在小小的院子里待不住了，总是想尽办法挣脱着往外飞。也就飞了。飞得离故土越来越远，有的千山万水，有的漂洋过海。

最后，守着故土的，只有树。

某天，你意外撞见一间祖屋，你推开吱吱呀呀乱叫着的门，蛛网遍布杂草丛生的院子里，看不到人了，只看到树。

树站在那里，枝干上布满岁月的苔痕，顶一头蓊郁苍翠，不言不语。

叶落过几世了？风吹走几世了？人又换过几代了？

你不知道。树都知道。树却不说。

人活不过一棵树，这是真的。人也犟不过一棵树去，这也是真的。树的每根筋骨里，都写着执着和坚韧，几十年、上百年，甚至上千年如一日，默默地守着一个地方。今生今世，山河岁月，它只做一件事，那就是，专心致志地爱着脚下的那片土地。无论贫瘠荒凉，无论天地轮转，都不改初心。

人呢？人的杂念太多，欲求太多。人的心，是缺着一个口的，再多的东西，也填不满它。这很像贪婪的孩子，得了一颗糖果，他要一罐。得了一罐，他又要一篮子了。人很少会说，够吃了，就好了。够穿了，就好了。够住了，就好了。一切刚刚好，这就很好了。人难得安静地待在一个地方，难得守着一树一屋，相伴终老。人总爱焦急，十分十分的焦急，说，不，不行，我还要争取更多的。不，不行，我还要争取更好的。于是，爱情里，难得忠贞，因为总有更好的在引诱着。物质名利里，难得满足，因为总有更多的在招着手。

人是傻了，总不肯放过自己，患得患失，又容易得陇望蜀，这山望了那山高。也就注定了一辈子不得安宁，马不停蹄，朝前奔啊奔啊。可是，前方的前头还有前方，这山过了还有那山。人感慨，世界太大了，唉，何时是尽头。他不知道，所谓的尽头，其实就在他的脚下，只要他肯慢下来，他就能够抵达。

人的智慧，终究比不过一棵树。一棵树从来不犯糊涂，它知道什么该拥有，什么该放弃，它貌似只站在原地守候，却把根扎得牢牢的、深深的，远方尽收眼底，看个通明。人呢？人一刻不停地奔走在路上，一路的风景，来不及细看，到最后，往往忘了为何出发，又忘了要去往何方，他只是惯性地朝前奔着、奔着，停不下来、停不下来了。也只有等到年老体衰，再也奔不动的时候，人回过头去，望来时路，才惊觉发现，这一路的奔波，他把生命中最宝贵的东西，早就给丢光了。最初的纯与真，那些有爱、有美好、有相守、有诺言、闪着金色光芒的时光，都给丢了啊！人这时才后悔莫及，孩子般地哭起来，说，我要回家，回家。

回家？回哪个家？大浪淘沙，剩下的吉光片羽，原不过是故乡那个小小的院落，和院子里的一棵树啊。那是灵魂生长的地方。

我有远房伯父，早年出外经商，商海里浮浮沉沉，终在南方的一座城里，打下一片江山。亲戚中传说他有资产过亿。他成了我们这个家族里，神一样的人物，提到他，都是金碧辉煌的。七十多岁的人了，还战斗在商海第一线。却突发重病，倒下。弥留之际，念叨着要回故里，要回他家的老院子。最终，却未能如愿，抱憾而去。据说死时，他眼角不停地淌出泪来，帮着擦掉，又有新的流出来。众人都说，那是不甘心哪，他想回老家呢。

　　他家的老院子早就不在了。院子里从前栽着的一棵柿子树，却留了下来。百十岁了，每年还挂一树的果，累累的。左右邻人去采摘，吃了后，都说，特别的甜。

在梅边

春天的第一张笑脸，是端给梅的。

赏春，是要从赏梅开始的。

春天的第一张笑脸，是端给梅的。

蜡梅不算，蜡梅是寒冬的客人。"知访寒梅过野塘"，说的是腊梅，又名蜡梅。《本草纲目》里有详解：

蜡梅，释名黄梅花，此物非梅类，因其与梅同时，香又相近，色似蜜蜡，故得此名。

春天认定的梅，是指春梅。

立春之后，我就似乎闻到空气中有梅香了。近些年，小城重视起绿化建设来，移来不少的梅，东一株西一株地栽着。河边有。路边有。公园里有。我居住的小区里也有。两三株红梅，点缀在微微起伏的草地上。陪伴着它们的，还有金桂、紫薇和栾树。

我在七楼上俯瞰下面的草地，看到一星点一星点的红，俏立在瘦瘦的枝头上，如彩笔轻点了那么一两下。那人站我身后，一探头，说，是梅花。我微笑，没吱声。——我当然知道是梅花。

天仍是寒，我也还穿着冬天的衣裳。一不小心，竟惹上感冒了，咳嗽，低热，头微晕。——多怨这反复无常的春，忽冷忽热的，也没个准。

如恋爱中的女人，她的心思你猜不透。

春天也在谈一场恋爱的。

一样的曲折迂回，患得患失，傻傻地天真着，也不过是要藏起它那颗想爱的心。然到底是藏不住的，一点一点，被这大自然识破。虫子们醒了。草绿起来。花开起来。它的爱，终要尘埃落定。那时，方得花红柳绿，人间四月天。是大团圆的美满结局。

可我不想等。我说，我想去南京看梅了。

那人不假思索，答应，好。

知我者，莫如他。他知道，每年这时节，我都要去赴一场春天的约会。婚姻一路，他不曾给我带来荣华富贵，却带给我现世的安稳和懂得。这是多少女人终其一生，求之不得的。

今生得他，幸焉。

南京的梅花谷，是梅的天下。

那里几乎汇聚了梅家族所有的亲人。

名字也大多婉转清扬着，比如宫粉。比如美人。比如骨里红。还有胭脂、照水和玉蝶。还有名叫别角晚水的，据说全国独此一株。是红楼中的黛玉吧？曲高和寡，临水照花，她输掉了前世尘缘，却守住了她的心。

晴天，特别特别的晴。天就蓝得很，蓝得像干净的湖，车马喧嚣都落不进一点点。真正是谷里一个世界，谷外一个世界。我赶早了，满谷的梅花，尚未完全开放，一粒一粒的花苞苞，鼓着小嘴儿，缀满枝枝丫丫。像彩色的小珍珠，可穿成手链，戴小女孩的腕上。

我穿过一树又一树梅，实在欢喜。我以为这是极好的，花要半开着，欲拒还迎，又含蓄又矜持，不一览无余，才最有看头。俗世里，一览无余的生活，会让人乏味，甚至绝望。你总要留点私密，留点向往，留点期待。没有期待的人生，算什么呢！花亦如此，花也有它的私密。

一群老美人，从我身边风一样刮过去。她们穿红着绿，系花丝巾戴红帽子。我目测了一下，她们的平均年龄应在六十以上了。前面有一人在探路，兴奋地惊叫，快来呀，这里呀，这里呀，这里开了一树啦！

哦，来了来了！她们连声应着，奔了过去。把满山谷的花香，都搅动得荡漾起来。她们是街坊多年？是同学多年？还是同事多年？我在心里猜测着，莫名地感动。人生的路上，能有幸相遇，且一路同行至此，真是莫大的造化。

一壶春水漫桃花

　　花仍在，人却非。世间的缘分，原是这样的可遇不可求。

　　三月里桃花开。所以一进三月，我嘴里就一直念念着，看桃花去吧，看桃花去吧。

　　哪里看去？自然是乡下。乡下的桃花，是追着春风开的。那会儿，桃树上的叶还未长全呢，花朵儿却迫不及待地，一朵挨着一朵开了。呼啦啦，是一树花满头。小脸儿粉粉的，红晕浸染。如情窦初开的女子。

　　树不是特意栽种，像风丢过来的种子，河边或屋后，就那么随意地长着一两棵。普通得不能再普通。却不防，一朝花开，惹来满场惊艳：呀，原来不是乡下小姑娘啊，是仙子落凡尘的。

　　记忆里，有桃花点点，在小院里，还有屋后。花开得好的时候，褐黑的茅草屋，也被映得水粉水粉的，有了许多妩媚在里头。只是那时年少，玩性大，飞奔的脚步，哪肯停下来好好欣赏桃花？根本不知道花什么时候开的，又什么时候落了，就那样辜负了大好春光。现在想想，那时丢掉的何止是大好春光？总以为有挥霍不尽的好光阴，哪知青春变白首，也不过是一下子的事。

读大学时，许多女生曾结伴去看桃花，浩浩荡荡。郊外有桃园，花盛开的时候，是浅粉的海洋。一车子全是女生，叽叽喳喳着。等到跳进那花的海洋里，全都变成一朵朵桃花了。粉色的心，唯春风怜惜。

在花树下欢跳着东奔西跑，不期然的，遇到本班一个男生。那男生的目光一直尾随着一个女生，痴痴的。他是爱她的。他看她的目光，就有了千朵万朵桃花在漾。她却毫不知觉，只管在一树一树的花下穿行、欢叫。我在一旁看得感动，暗恋原是这般花影飘摇，迷离生动。我替那个女生急，我在心里叫，你快回头看看他呀、看看他呀。多年后得知，他并不曾携她的手。毕业后，他们各奔东西，他有了他的日子，她有了她的岁月。

唐朝崔护有首很著名的诗："去年今日此门中，人面桃花相映红。人面不知何处去，桃花依旧笑春风。"诗人以桃花作了整首诗的底子，像白的宣纸上，泼了一团水粉，热闹着，又寂寞着。真叫人惆怅不已。花仍在，人却非。世间的缘分，原是这样的可遇不可求。

却记着那年那日，那人送我一枝桃花。桃花开在乡下的河边，他有事路过，禁不住那一树粉红的诱惑，趁人不备，去树上攀下一枝。百十里的路，他宝贝样的带给我，眼里汪着一整个春天。我于一刹那间爱上，从此义无反顾。那个春天，我的书桌上，有了一壶春水漫桃花。

这是他给予我的最浪漫的事。偶尔说起，我们已不泛当年青春的心里，会蒙上一层迷醉。一枝桃花的感动，竟是终身的，谁能想到呢？

故乡的原风景

除了泥土，还有什么，可以让我们如此亲近？

《故乡的原风景》一曲，是日本陶笛家宗次郎创作的。我是一听倾心，再听倾肺，是倾心倾肺了。

其实，令我惊异的不仅是乐曲本身，还有，演奏乐曲所使用的乐器——陶笛。这是一种极古老的乐器，大约公元前2000年，在南美洲就有了黏土烧制的器具，可以吹奏简单乐曲，被认为是最早的陶笛。十六世纪流传到欧洲，不断得到改造，由一孔发展到多孔，音域随之增加，吹出的声音，更是清丽婉转。上个世纪二三十年代，一个叫明田川孝的日本年轻人，在德国第一眼见到陶笛，立即被它迷住了。他对这种乐器进行加工，制作出十二孔日本陶笛，风靡日本。随着陶笛在日本的风靡，日本出现了许多陶笛演奏家，宗次郎就是其中杰出的一个。

跟明田川孝一样，宗次郎也是第一眼见到陶笛，就被迷住的。后来，他干脆自己盖窑，亲自烧柴，制作属于他自己的陶笛。当我听着《故乡的原风景》时，我总是不可遏制地想，这是泥土在欢唱呢。那些沉默的泥土，那些厚重的泥土，在懂他的人手里，变成亲爱的陶笛。一个孔，两个孔，三个孔，四个孔……孔里面，灌着风声、草声、流水声、鸟鸣声……这是故乡啊，是魂也牵梦也萦的故乡，是根子里的血与水。他给它生命，它给他灵魂，那是怎样一种交融！

我以为，真的没有乐器可以替代了陶笛，来演奏这首《故乡的原风景》的。在远离故乡的天空下，我静静坐在台阶上听，一片落叶，从不远处的树上掉下来。天空明净，明净成一片原野，秋天的。原野上，小野菊们开着黄的花、白的花、紫的花。弯弯曲曲的田埂边，长着狗尾巴草和车前子。河边的芦苇，已渐显出霜落的颜色。有水鸟，"扑"的从中飞出来，在半空中划过一道美丽的弧线。风吹得沙沙沙的。人家的炊烟，在屋顶缭绕。间或有狗叫鸡鸣。还有羊的"咩咩咩"，叫得一往情深、柔情似水。

如果是在月夜，你会听到很多梦吃的声音：草的、虫的、树的、鸟的、房子的……它们安睡在亲切的土地上，安睡在陶笛之上。孩子依偎在母亲怀里，睡得香甜。月光在窗外落，像雪，晶莹的，花朵般的。世界是这样的宁静，宁静得仿若人生初相见。初相见是什么？你的纯真，我的懵懂。如婴儿初看世界，一片澄清。

一个中年朋友，跟我描绘他记忆里的故乡，他肯定地说，那是一种声音，黄昏的声音。那个时候，他在乡下务农，挑河挖沟，割麦插秧，什么活都干。每日黄昏，他从地里扛着农具往家走，晚霞烧红天边，村庄上空，雾霭渐渐重了。这时，他就会听到一种声音，在耳边流淌，欢快的，欢快得无以复加。他的心，慢慢溢满一种欢愉，无法言说的。"你说，黄昏到底会发出什么样的声音呢？"多年后，他在远离故土的城里，在一家装潢不错的酒店的餐桌上，说起故乡的黄昏，他的眼里，蓄满温情。

　　我以为，那一定是泥土的声音，那些饱吸阳光与汗水的泥土，那些开着花长着草的泥土，那些长出粮食长出希望的泥土……除了泥土，还有什么，可以让我们如此亲近？

满架蔷薇一院香

彼时彼刻，花开着，太阳好着，人安康着，心里有安然的满足。

迷恋蔷薇，是从迷恋它的名字开始的。

乡野里多花，从春到秋，烂漫地开。很多是没有名的，乡人们统称它们为野花。蔷薇却不同，它有很好听的名字，祖母叫它野蔷薇。野蔷薇呀，祖母瞟一眼花，语调轻轻柔柔。臂弯处挎着的篮子里，有青草绿意荡漾。

野蔷薇一丛一丛，长在沟渠旁。花细白，极香。香里，又溢着甜。是蜂蜜的味道。茎却多刺，是不可侵犯的尖锐。人从它旁边过，极易被它的刺划伤肌肤。我却顾不得这些，常忍了被刺伤的痛，攀了花枝带回家，放到喝水的杯里养着。

一屋的香铺开来，款款地。人在屋子里走，一呼一吸间，都缠绕了花香。年少的时光，就这样被浸得香香的。成年后，

春天的第一张笑脸，是端给梅的。

花仍在，人却非。世间的缘分，原是这样的可遇不可求。

我偶在一行文字里，看到这样一句："吸进的是鲜花，吐出的是芬芳。"心念一转，原来，一呼一吸是这么的好，活着是这么的好，我不由得想起遥远的野蔷薇，想念它们长在沟渠旁的模样。

后来我读《红楼梦》，最不能忘一个片段，是一个叫龄官的丫头，于五月的蔷薇花架下，一遍一遍用金簪在地上划"蔷"字。在那里，爱情是一簇蔷薇花开，却藏了刺。但有谁会介意那些刺呢？血痕里，有向往的天长地久。想来世间的爱情，大抵都要如此披荆斩棘，甜蜜的花，是诱惑人心的猸。为了它，可以没有日月轮转，可以没有天地万物。就像那个龄官，雨淋透了纱衣也不自知。

对龄官，我始终怀了怜惜。女孩过分的痴，一般难成善果。这是尘世的无情。然又有它的好，它是枝头一朵蔷薇，在风里兀自妖娆。滚滚红尘里，能有这般爱的执着，是幸运，它让人的心，在静夜里，会暖一下，再暖一下。

唐人高骈有首写蔷薇的诗，我极喜欢。"绿树阴浓夏日长，楼台倒影入池塘。水晶帘动微风起，满架蔷薇一院香。"天热起来了，风吹帘动，一切昏昏欲睡，却有满架的蔷薇，独自欢笑。眉眼里，流转着无限风情。哪里经得起风吹啊？轻轻一流转，散开，是香。再轻轻一流转，散开，还是香。一院的香。

我居住的小城，蔷薇花多。午后时分，路上行人稀少，带着一份慵懒。蔷薇从一堵墙内探出身子来，柔软的枝条上，缀满一朵一朵细小的花，花粉红，细皮嫩肉的模样。彼时彼刻，花开着，太阳好着，人安康着，心里有安然的满足。

我有好友，远在黑龙江。她喜欢画画，她在画里面画蔷薇，一簇又一簇，却说，可惜，只见过照片上的蔷薇。

忍不住笑，竟有这样的喜欢，不曾谋面却念念于心。我对她说，等我有空了，我会掐一朵蔷薇给你寄过去。

虞美人

生命的高贵与卑微，本是相对的。

初识它，是在一册诗书里。原是坊间小曲，被人吟唱。后被文人推崇，成词牌名，按韵填词，名扬天下。从远唐，一路逶迤而来，一唱三叹，缠绵旖旎。我仿佛瞥见，大幅的屏风，上面栖息着大朵的花，牡丹，或是芍药。屏风后，美人如水，怀抱琵琶，浅吟低唱着——虞美人。她葱白的手指，轻拢慢捻，一曲更一曲。月升了，夕阳斜了，美人的发，渐渐白了。

女人的年华，原是经不起寂寞弹唱的，弹着弹着，也便老了。

后来，我识得一种花，叶普通，茎普通，花却浓烈得让人惊异。血红，红得似天边燃烧的霞。单瓣，薄薄的，如绫如绸。它们在一条公路边盛开，万众一心。公路边还长了低矮的冬青树，里面夹杂着几株狗尾巴草。让人一喜，分明就是曾经的熟识啊！我停在那儿，等车。车迟迟不来。

那是异乡。我因了几株狗尾巴草，不觉异乡的陌生与疏离。又因了一朵一朵殷红的花，不觉等待的焦急与漫长。我的眼光，久久停在那些殷红上，它们腰身纤细，脸庞秀丽，薄薄的花瓣，仿佛无法承载内心的情感，无风亦战栗。很像古时女子，羞涩见人，莲步轻移。

询问一当地路人："请问，这是什么花？"路人瞥一眼，说："虞美人啊。"许是见多了这样的花，他不觉惊异，回答完我的话，继续走他的路。他完全不知，他的一句"虞美人啊"，在我心中，激起怎样的狂澜。看着眼前的花，想着它的名，远古的曲子，不由分说地，在我耳畔轻轻弹响——是李后主的"春花秋月何时了，往事知多少"；是周邦彦的"柳花吹雪燕飞忙。生怕扁舟归去，断人肠"；是纳兰性德的"残灯风灭炉烟冷，相伴唯孤影"；是苏东坡的"夜阑风静欲归时，唯有一江明月碧琉璃"。

人生最难消受的，是别离。是虞姬且歌且舞，泣别项羽。这个楚霸王最爱的女人，当年风光时，她与他，应是人成对、影成双。垓下一战，楚霸王大势尽去，弱女子失去保护她的翼。男人的成败，在很多时候，左右着女人的命运。她拔剑一刎，都说为痴情。其实，有什么退路呢？她只能，也只能，以命相送。传说，她身下的血，开成花，花艳如血。人们唤它，虞美人。

真实的情形却是另一番的，此花原不过田间杂草，野蒿子一样的，贱生贱长，不为人注目。然它，不甘沉沦，明明是草的命，却做着花的梦。不舍不弃，默默积蓄，终于于某天，疼痛绽放。红的、白的、粉的，铺成一片，瓣瓣艳丽，如云锦落凡尘。人们的惊异可想而知，它不再被当作杂草，而是被当作花，请进了花圃里。有人叫它丽春花。有人叫它锦被花。还有人亲切地称它，蝴蝶满园春。——春天，竟离不开它了。

生命的高贵与卑微，本是相对的。纵使不幸卑微成一株杂草，通过自己的努力，也可以让命运改道，活出另一番景象。

听 荷

而我们，终归要回到那热闹中去，内心却泊着一汪恬淡的水，有墨色的荷，在暗暗喷着香。

去听荷吧，选一个月夜。月亮还不那么丰满，它还处在它的童年，像一瓣细小的白菊，飘在天上，朦胧着。这个时候，最好。

荷开得刚刚好。是满塘开着的。月色清浅，满塘的荷，是墨色染成的一朵朵，与田田的叶，融为一体。与青碧的水，融为一体。与整个整个的夜色，融为一体。天空与大地，从没这么亲密过吧，你是我，我也是你。

塘——城里少见了。这口塘因小城大面积搞绿化，策划者中不知是谁拥有一颗诗意的心，在绿化带中，给挖出来的。周围遍植垂柳，塘里养荷。离塘不远的是桃园。再过去一些，是梨园。接着是桂花园、蜡梅园。这里便成了小城绝美的去处，春有桃花梨花，夏有荷花，秋有桂花，冬有蜡梅，季季有花，日日有好。

盛夏里，塘里的荷自然唱了主角，在层层涌现叠起的绿中间，荷一朵一朵，悄然盛开，如一阕阕小令。哪里能瞒得住风的耳朵？十里八里之外，风都能听到荷轻轻绽放的声音。风跑过来，拂过一朵一朵的花，把荷的清香，洒得四下飞溅。人闻到，一个愣神，啊，荷花开了。平淡的日子里，陡添一重欢喜，看荷去吧。

人家院子里有缸，缸里种荷。那荷也是顶守时的，六月的风一吹，它就开始踮起脚尖，一点一点，从浓密的叶间，探出一张张粉脸，顾盼生姿。荷的主人与人闲话，总似不经意添上一句，我家的荷开了。也引了三朋四友，以赏荷的名义，来家里小酌几杯。俗世的庸常里，就有了几分小雅。

——这样看荷，自是热闹的。而月夜听荷，则是另一番情趣。在塘边，随便挑一块草地，坐下。周遭静，纯粹的静。各种声息，浮游上来，像小花猫的脚尖，于午夜时分，轻轻踩过屋上的瓦片。那是露珠滑落的声音，草叶舒展的声音，风在轻喃的声音，虫在欢唱的声音，荷在绽放的声音。满塘墨色的荷的影，你映着我的，我映着你的。你想起古人写它，"水面清圆，一一风荷举"，又或是，"满塘素红碧，风起玉珠落"，哪里又能描尽它的丰姿？你想用千万个好来夸它，一时又无从说起。

荷在轻轻吐香，你甚至听到它们的心跳。开尽的正在话别，下一场花开再相见。含苞的"啪"一声怒放，花蕊间，盛满思念的味道。待到白天，晴空暖日，人看到一塘的荷，仿佛从未曾少过哪一朵，谁知它们，早已在暗夜里完成了交接。

心中突然涌起感动，满满的。掉头看身边那个人，夜色里看不清他的样子，可是，他的呼吸就在耳边。岁月里还要什么山盟与海誓？能陪你来听这场荷，已经足够了。你伸手握他的手，什么话也不用说。懂的，都懂的。

远远的灯光，辉煌得像满天星斗，那里，有家。这里，荷与月色尽享安宁，仿佛尘世尽头。而我们，终归要回到那热闹中去，内心却泊着一汪恬淡的水，有墨色的荷，在暗暗喷着香。以后再以后的日子，即便走过了千重山万重水，也一定记得这样一个月夜，我们一起来听荷。

月　季

后来，我长大，离开故土，在异地他乡安营扎寨，故乡隔得远远的。月季却仍待在老地方，一年又一年。

花里面，月季的名字，是比较土的一个。它的花期极长，除了隆冬，几乎月月开花，季季芳香，干脆就叫了月季。这好比乡下人家，生的孩子多，跟丝瓜藤上结着的丝瓜般的，一个挨一个，也就不那么"重视"了。孩子哇哇啼哭着出来，又是一丫头片子。做娘的虚弱地说："给娃儿取个名吧。"做爹的瞟一眼，顺嘴丢出个名儿来，就叫小草吧。叫菊花吧。叫叶子吧。

命贱吧？是的，有点。家徒四壁，从小缺衣少食，泥地里滚着爬着，被风吹着揉着，被太阳烤着晒着，皮肤粗糙黝黑。可是，却特别皮实，连小感冒小头疼的也极少。这样的孩子，容易成长，且长大后，经得起岁月磨难，纵使遇到再大的坎，她也能咬咬牙跨过去，心怀感恩，尽力吐露出生命的芬芳。

月季如人，也是这般的命贱，却顽强。那时，放学的路上，要经过一苗圃，里面长满花草。常有花探出墙头，逗引着我，冲我妖娆地笑。于是有那么一天，我趁人不备，很不女生地翻越墙头，爬过围墙去。好大的地方啊，足足有好几亩地。叫不出名字的花真多，但一眼认得月季的，颜色极是出色，单单红色，就有若干种：大红、粉红、橘红、绛红、玫瑰红……我很奢侈地左挑右选，俨然花的主人。我最后挑了一棵粉红的，挑了一棵鹅黄的，连根拔起，塞书包里带回家去。花枝上多刺，刺大且硬，我的手，被刺破好几处，当时是顾不得的。

到家的第一件事，就是整地、挖坑、栽花。地是不紧张的，屋门口随便挑块空地儿就成。我挑了正对着大门的那块，拔掉里面长得好好的两棵茄子。祖父在一边看见了，说："春天栽花才能活的。"我不信，我说秋天也能活的。

月季栽好，才觉出手疼，疼得钻心。晚上母亲回家，拿缝衣针，就着煤油灯，从我手指上挑去三四根刺。母亲边挑边责骂："怎么这么野，丫头没个丫头样子。"母亲也心疼被我拔掉的茄子。我抿着嘴笑，不回嘴。我想着门前的灿烂，偷乐，啊，一棵粉红，一棵鹅黄，真开心哪。

月季却萎了，好像很不满意我替它挪了地方。有大人给我出主意，说用河里的淤泥护着它，它就能成活。我赶紧跑去河里，挖了满满一脸盆河泥。隔天看它，它真的活过来了，花朵儿开得喜盈盈的。就这样，它在我家屋前定居下来，边开边谢，边谢边开。

后来，我长大，离开故土，在异地他乡安营扎寨，故乡隔得远远的。月季却仍待在老地方，一年又一年。

回老家，父亲或母亲，总要指着门前的月季对我说："看，你小时栽的月季。"这是我和父母间保留的对话。我鼻子就有些酸酸的了，我说："它咋还开这么多花呢。"

它的花，一点不见老，还是一团粉红、一团鹅黄，豆蔻年华。

胭　脂

断壁残垣处，它开得勃勃生机，喜庆热闹，全然不理会周遭一片瓦砾倾轧。

突然听到"胭脂"这个名，我的心里，陡地吃了一惊。

是唤一个湿软的女子，她有着细长的眉毛、细长的眼睛，生在江南烟雨的小巷里，暗香浮动，摇曳生姿。又或是，古有女子，对镜理红妆，是"谁堪览明镜，持许照红妆"，是"玉面耶溪女，青娥红粉妆"——这里的"红"，就是胭脂。素手纤纤，在胭脂盒内蘸取一点，拍在腮上，女子的脸，立即艳若桃花。

彼时，夕照满天，我正弯腰，在细细打量一丛花。那是块拆迁地，断壁残垣处，它开得勃勃生机，喜庆热闹，全然不理会周遭一片瓦砾倾轧。紫红的一朵朵，昂昂然，艳，鲜嫩，有股不屈不挠的架势。在我，是旧相识。只是没想到，暌别多年，竟会在城市的一隅与它不期而遇。

一遛狗的老先生路过，以为我不识此花，随口告诉我，这是胭脂啊。因他这一说，我认定他是个文化人。我用微笑向他致意，颔首谢过，却在心里面翻江倒海。

它居然有这么个香艳的名字！

童年的乡下，家家都有这么一大丛胭脂的，长在厨房门口。仿佛它生来就派长在那儿，是乡村应有的模样。像屋后面有河，弯弯的田埂边开野花。像屋顶上歇着无数的雀，牛羊的叫声，此起彼伏。

它在傍晚开，早上合，和月亮一起盛放，和星星们一起旖旎，它是夜的精灵。当然，我的乡亲们远没这么抒情，在他们眼里，天地万物，原都是该派的样子，是命里注定的。鱼在河里游，鸟在天上飞，没什么可奇怪的。家家做晚饭不看钟点，只要瞟一眼厨房门口的花就是了。哦，晚婆娘花开了，该做晚饭了，他们自言自语。

对，他们叫它，晚婆娘花。是勤恳持家的小主妇，夜幕降临了，还不肯歇息，纳鞋打粮，为一家人的生计打拼，直到月亮累弯了腰，花儿也要睡了。

断指七爷的家门口，也长着这么一大蓬胭脂花。七爷的断指，说是打仗时打掉的。激战中，他用手去挡子弹，子弹一下子削去了他四根手指。

我们小孩子好奇，问他，七爷，你真打过仗么？

七爷从鼻孔里"哧"出一声，不搭理我们，自去喝他的老酒。一桌一椅，一人一壶，斟满一个夕阳。鸟雀声稠密，一旁的胭脂花，开得沸沸扬扬。

我们傻傻看着，被眼前景怔得无话可说。这时，突然听到七爷幽幽吐出一句，喊，我跨过鸭绿江时，你们这些小毛头还不知在哪片草叶上飘哪。

我们不懂什么鸭绿江，但从他的神态上，肯定了他果真是打过仗的，心里便把他当英雄崇拜。村里人也都这么崇拜着，对他尊重有加。他无后，孤身一人，住两间茅棚，极少种地，家里却从不缺吃的。谁家新打了粮，有了时令蔬菜，都给他送。我受母亲委托，曾给他送过扁豆。这任务让我觉得光荣，小篮子提着，全是新摘下来的扁豆，散发出一缕一缕清香的味道。他收下扁豆，叫我好姑娘，在空篮子里放上两块糖，说，替我谢谢你妈妈。他这么一说，我真是高兴得不得了。有糖吃自然高兴，还有他谦和的语气，也让我莫名开心。

一年一年的，村庄见老了，七爷却不见老。前几年我回乡遇见，他还是那般样子，八九十岁的人了，耳不聋，眼不花，一顿饭还能喝掉半斤酒。全村人都把他当老佛爷了，家家有事，他都是座上客。

他的房子村人们给新修了，小瓦盖顶，门窗结实。只遗憾着，门前不见了胭脂花。

薄荷，薄荷

而它，姿态优雅地站立其中，恬淡地注视着，仿佛在看一群活泼的孩子。

不知它打哪儿来，最初的记忆里，就有它。屋后吧，凤仙花开得呼啦啦、呼啦啦，而它，姿态优雅地站立其中，恬淡地注视着，仿佛在看一群活泼的孩子，以一颗包容欣赏的心，由着它们热闹去。

最是奇怪大人们，咋就知道屋后有薄荷呢？他们是从来不看那些凤仙花的，但他们就是知道，哪里有凤仙花，哪里有薄荷。在他们眼里心里，每种植物的生长，都是天经地义的事，值不得大惊小怪，如同日升月落。他们吩咐一声："去，到屋后掐几片薄荷叶子来。"那是因为孩子们身上生痱子了，奇痒无比。孩子们得令，"嗖"一声飞奔过去，胡乱掐上一把来，满指满掌，皆是薄荷香啊。他们拿它冲了热水，给孩子们泡澡，孩子们的身上，散发出经久的薄荷清凉。还真是神奇的，只要洗上两次薄荷浴，孩子们身上的痱子就不痒了，不知不觉，消失了。

也有用薄荷泡茶喝的。不用多，沸水里丢下两片叶子足矣。我的父亲有个白瓷大茶缸，他每天早上外出干活，都泡上一大茶缸薄荷茶——凉着。暑热里归家，来不及脱了草帽，就奔向它，抱着它咕咚咕咚大灌一气，满足地长叹一声："真过瘾啊。"秋深时节，薄荷也凋零，那个茶缸没有薄荷可泡了，我们拿了它去清洗，手指上缠绕的，竟都是薄荷的味道。长长久久。

看过一个有关薄荷的神话：希腊冥王哈得斯爱上了善良的精灵曼茜，冥王的妻子佩瑟芬妮知道后，妒火中胸。她念魔咒把曼茜变成了一株小草，长在路边任人践踏，以为从此拔去了眼中钉。让佩瑟芬妮怎么也没想到的是，曼茜变成的小草，身上竟散发出一股奇异的清香，赢得越来越多的人的喜爱，人们亲切地唤她，薄荷，薄荷。

喜欢这个故事，有德之人，必有神灵护佑，纵使她变成一株不起眼的小草。而薄荷的花语，恰恰是"有德之人"。从它的茎，到叶，到花，无一处不是清香与清凉的，可食，可入药。用薄荷做成的糖果与食品，多不胜数。最地道的，要数薄荷糖，过去贫穷年代，唯有它，可以与穷人相依为命。薄纸袋里，一装十粒，一毛钱就能买一袋。劳作疲惫的时候，拣一粒放嘴里，从嘴到心，立即被清凉填满。我的祖父祖母喜欢吃，我的父亲母亲喜欢吃，我们，也喜欢。

　　离故乡远了，以为离薄荷也远了。却于某一日，在我家花坛里，那开得满满的红的、黄的美人蕉中，发现了一抹不一样的绿，凑近了看，竟是一株薄荷。或许是风吹过来的，或许是鸟衔过来的，或许是泥土本身带来的……它来了。我很吝啬地掐一片叶，置在枕边，于是清凉满枕。我多日的失眠，竟不治而愈。

染教世界都香

　　甜美的东西，是要珍惜着的，是要慢慢消化着的。

　　秋风吹了几吹，桂花也就开了。

　　每年，她都是如此守时。不管你有没有在等，不管你有没有把她放在心上，她都会来，只为赴她自己的约。

　　她来，是高调着的，霸气着的。是锣鼓齐鸣着的，沸沸扬扬着的。她就是她的小宇宙。

　　没有人会嫌恶了她的高调。谁会呢！人家的底气在那儿摆着呢，不过一两枝花开，就能"染教世界都香"。

　　香是香得风也打着转转，醉醺醺不知往哪儿吹。我和那人，沿一条河边大道，慢慢走。桂花的香和甜，在身边缠绕不休。我们走到东，她跟到东。我们走到西，她跟到西。我们走到一座桥上去，她竟也跟到桥上去。像个懵懂可爱的孩童，抓一支蘸满香料的笔，逮到什么涂什么，想涂抹出一个她的世界来。

你拿她是一丁点办法也没有的。也只好纵容着她，宠溺着她，任她爬到你的身上，乱涂乱画。哪一笔里，不是香和甜哪！是初入尘世的天真和好。

夜色被桂花香浸着泡着，越发醇厚。河里偶有船只驶过，呜呜响着。船头的灯，如萤火。我微笑地看着它驶过我的身侧。它是否载了一船的桂花香而去？辛苦的奔波里，拌了这样的花香，也算是慰藉是奖赏了。

虫鸣声变得轻柔，不知它们躲在哪一棵树的后面。它们喁喁着，很懂事的，生怕惊扰了什么。没到月半，月亮还不是很圆满，却更显得静美。像开到一半的白莲花，浮在靛青色的夜幕上。有人从身边走过，他们携来一阵香风，又携走一阵香风。我和那人，有一句没一句地说着些话。一切都好到不能再好，天地是。万物是。人是。情绪像鼓胀起来的风帆，意气风发，只想破浪劈涛，朝着远方航行去。

这样的时光，真真叫人舍不得。像小时候品尝那难得的一块麦芽糖，或是月饼，小心地捧在掌心里，傻傻地笑着、看着，快乐在心里冒着泡泡，舍不得动口去咬它。怕一下口，就把它给咬没了。

想来小时也就知道，甜美的东西，是要珍惜着的，是要慢慢消化着的。不然，就是莫大的辜负。

那人对着夜空，深深呼吸一口，再深深呼吸一口，叹道，真好啊。

是啊，真好啊。一年有这样一场桂花开，人生里，也就多出许多的不舍来。纵使遇着这样的不顺、那样的艰难，仍有这般的好时光，它不会负你。活着，也便值了！

鸟窝·菊花

只要每天能看到太阳升起，日子里就有快乐。

有两样东西，无论在什么地方看见，我的心里总会腾起细波来，碎碎的。似轻风拂过，每道褶皱里都是柔软与温情。这两样东西，一是鸟窝，一是菊花。

鸟窝筑在高高的树上，树是刺槐树，或苦楝树。乡村里，家家房前屋后，都有几棵几人合抱才抱得过来的刺槐和苦楝，也不知它们到底生长了多少年，它们应该比村庄还要老。春生家的白眉毛老爷爷说，他小时候，就在这样的树上掏鸟窝的。

鸟窝都是喜鹊们筑的。乡村多喜鹊，在人家房屋顶上喳喳喳叫，在田野上空喳喳喳叫。这种鸟，天生的憨厚，只要一扯开嗓子，就欢快得很，仿佛从不知忧愁。它们筑的窝，大的有面盆那么大，托在高高的枝丫上。窝筑得简陋，枯树枝乱七八糟搭在一起。它们是憨夫憨妇过日子，搭了窝棚住，也能将就着，只要每天能看到太阳升起，日子里就有快乐。

天气开始转凉的时候，村庄的鸟儿，都远飞到温暖的他乡去了，只剩麻雀和喜鹊。麻雀四处流浪着，飞到哪儿住哪儿，柴火里，竹林里，芦苇丛里……得过且过着。只有喜鹊，还守着它们的窝，一板一眼地过着日子。

风一阵紧似一阵，刺槐树上的叶掉了。苦楝树上的叶掉了。直到一个村庄的树叶，都掉得差不多了。天空开始变得又高又远，村庄呈苍茫色。光秃的枝丫上，喜鹊的窝有些孤零零的，是最后守着的一片叶，守着树。秋深得很彻底了。

这时，却有另外的艳丽色彩跳出来。那是屋檐下的一丛菊，并不曾留意，它们是什么时候开始生长的。从冒芽、长叶，到打花苞儿，它们都是默默的。一朝花绽开，就映亮了一个庄子。每家的茅草房都变得黄灿灿的。邻家女子，这时节有人来相亲，没有胭脂水粉好打扮，就掐一朵黄菊花，插到发里面。见了人，温柔地低了头，羞涩地笑，寻常女子，竟变得那么动人起来。

李清照有词，"人比黄花瘦"。词里的黄花，是指菊么？我却不认同的。菊哪里瘦了？我记忆里的菊，是一大朵一大朵怒放着的，有着丰腴的美。"满城尽带黄金甲"这句好，把菊的声势写出来了。而当一个村庄的菊都盛开时，是"满村尽带黄金甲"了。你远远归来，旅途劳顿，望见村庄，这时，跳入你眼里的有两样东西：一是高高的树上，大大的鸟窝；一是一片金黄的菊。寒潮欲来了，风卷着灰灰的云，可是，你的心里是暖的，你会想着温暖的炉子，冒着热气的玉米粥，还有拌了两滴麻油的咸菜，倚门而望的亲人。

有家可归，有人在等，是幸福的。这种幸福的味道，经年之后，还能咂摸出那层浓烈。对故乡的感情，原是深入到骨子里的。

我在另一个秋天，去拜访一个朋友。朋友住在一个小镇上，房前有树，房后也有树。我惊喜地看到，朋友家房前的树上，竟有两个大大的鸟窝。屋檐下，一丛黄菊花，盛开得正好。我脱口对朋友说，我喜欢你这里，很喜欢。

来年的春天，朋友到我居住的小城，遇到我，我尚未开口，他就说："你放心，那鸟窝还在，那菊花也还在，到秋天就会开花。"

发上风流

　　南唐的烟雨，就这么漫过来、漫过来，她们是她，她是她们。青山永在，绿水长流。

　　初次结识发绣，是在十五年前。过生日，好友小源送我一件绣品做礼物。是幅白雪红梅图。收到时，我眼睛一热，觉得好友懂我。因自己名字中带个"梅"字，我对梅花有着偏爱。但彼时，我尚不知它的不寻常，以为只是一件普通的苏绣罢了。小源告诉我，这是我们东台的发绣，是用头发绣出来的哎。

　　发绣？我狠狠震了一下。定睛细细看，才品出它的不一般。尺寸丝绢之上，雪花晶莹，带着初入尘世的纯和真。红梅初绽，不过一两枝，疏淡着，随意着。却在那漫不经心中，散发出活生生的幽香来。每一粒花骨朵，都是那么逼真、鲜活，又各具情态。似红楼中的女儿家，有着黛玉的柔怯、宝钗的温厚、湘云的豪放、妙玉的孤傲、宝琴的率真。我惊讶于头上之细发，居然可以在小小的绣针之下，数尽风流。

我恶补了有关"发绣"的一段知识：它源于南唐，兴盛于宋，到元、明两代，都有了长足的发展。明代夏明远的发绣《黄鹤楼》《滕王阁》，被世人称为侔于鬼工。然到清末民初，由于战乱频繁，这一传统的手工艺，受到冲击，几近灭绝。

上个世纪六七十年代，一场史无前例的浩劫，大批苏南人被下放到东台来。这其中，不乏艺人、画师和绣女。他们的融入，使得早就式微的东台发绣，又重新焕发出生机，且很快苗壮成长、蓊郁蓬勃起来。从单面绣，发展到双面绣、双面异色绣，针法的采用也灵活多变，参针、套针、虚针、乱针、扣针、网针、平针、刁针、纳针等不一而足，各有千秋。先后绣制出《清明上河图》《姑苏繁华图》《金刚般若波罗蜜经》《长江三峡全景图》《八十七神仙图》等一大批发绣长卷，轰动五湖四海。

张爱玲在她的《倾城之恋》中，描写了一对男女范柳原和白流苏，一个玩世不恭，一个步步为营，两个没有真心的人，却因一场战争，而真正走到一起，相互扶持相互取暖。一个香港城的沦陷，成全了一段俗世的爱情。一个国家的劫难，竟成全了东台发绣这门古老的手艺。

这之后，留了意，在台城的大街小巷转着，不经意的，就能与发绣邂逅。作坊和店铺，有大有小，混迹于市井之中，似乎并无特色。可当你轻轻推门进去，你的呼吸，会立马变得急促。那里，全是头发的世界啊，是另一个山高水阔、跌宕起伏的人生，有着地老天荒的况味。

也曾拔脚去寻从前的梦。西溪古镇，几年前我去时，还见到一排从前的房子，房檐低低，光线幽暗。人们在里面过着从前的日子，烟火自知。还有老澡堂，墙上钉一块木板，上面用粉笔写着"两元一个澡"之类的。我以为换成"二文"更有老味道的。遗留下来的庵有不少，都是黄泥抹墙。门前舟楫往来的宽阔河道，已淤成小河，河旁杂树生花。我一家一家，探头去看，很想探知，南唐的烟雨飘拂下，是哪个女子，率先动了这七巧玲珑的心思，剪下秀发一根根，然后，素手拈针，一针一发，绣下她的情、她的意、她的念、她的想？她当不知，她绣下的，是一段绝唱，是经久不衰，是永恒。

关于它的起源，一说是因当时西溪礼佛成风，佛教信女为对菩萨表诚意，剃下自己的头发，绣成菩萨像膜拜。一说是东台女子，对来此经商的外乡男子动了心，剪下视若生命的秀发，当窗理丝绢。缜密的心思，全凝聚到她的针下、她的发上。我更愿意相信后一种。这世间，唯情才叫人欲罢不能赴汤蹈火。生命有涯，而情无涯。

也曾去参观一个小绣坊。竹影飘摇，妙龄的绣女们，埋首在她们的绣品上。她们的手底下，头发正慢慢长出草来，开出花来，荡漾出山水长空来。灯光浆影，飞鸟虫鱼，楼台亭榭，无一不是情深义重。是昆曲中的杜丽娘，一举手、一投足，都风情万种。南唐的烟雨，就这么漫过来、漫过来，她们是她，她是她们。青山永在，绿水长流。

第二辑
买得一枝花欲放

哪怕你口袋里穷得只剩下
一文钱，你也要花半文钱
去买枝花，芬芳你自己。

买得一枝花欲放

拥有了那样一颗芬芳的心，再糟糕的人生，也会安然走过来的吧。

六七月的天，在街上走，常常能碰见卖栀子花的。

乡下妇人，篾篮子提着，里面躺着一朵一朵的稠白。为保新鲜，每朵花上，都刚喷了水。绿枝横陈，花朵雀跃其上，水灵鲜活，仿佛就要从篮子里蹦出来，由不得你不心动。

每遇见，我心里总是一喜。我喜欢这卖花的妇人，我想象着她的家，几间简单的小瓦房，房前长一两棵栀子。她养鸡养羊，种着一地的庄稼，日子里，有着辛苦劳碌。可是，却有花在房前，不息地开着。

每日里，她走过花树旁，总要停上一停、看上一看。哦，这一朵开了。哦，那一朵也开了。笑容慢慢爬上她的脸，微风拂过，她的心里，装满香香的高兴。终于，满树的花都开得差不多了，她一枝一枝，细心地剪下来，提到街上来卖。她不是卖花，她是卖香、卖欢喜。

我买一枝栀子带回，放水碗里，或插玻璃瓶子里，清水供养着，就好了。过后，我忙着我的事去，把花的事给彻底忘了。却在不经意一抬头的刹那，有花香扑过来，猛地亲我一口。我一愣神，笑了，记起自己买过栀子的。

有一回，我放水碗里的栀子，沸沸开过一阵后，萎了，我扔掉它，忘了倒水碗中的水，那水碗就一直搁在那儿。那之后，我每回进厨房，总会闻见一阵花香。我奇怪着，哪里来的花香？四处去找，最后发现了，原来是从那只水碗中散发出来的。花虽离去，水却还痴痴保留着花的体香。这个发现，让我惊喜了好久。

初夏，去广东，在一个小城逗留。小城看上去很旧、很凌乱，我在街上走着，想着尽早把事情办完才好。这时候，一乡下农人，担着一担的荷和莲蓬，晃晃悠悠地迎面走过来。他走过一棵木棉树，再走过一墙的爬山虎，阳光的碎影，映在他身上，映在那些花朵上，波光粼粼的。那画面，让我倾倒。我瞬间对那个小城，无比好感起来。

我问那个农人买了一枝荷。他说，插水里面，能开好长时间呢。黑瘦的脸上，笑露出两排洁白的牙。我点头，微笑。后来，我擎着这枝荷去赶火车，几千里路带回，它居然还是鲜活的。我把它插书桌上的玻璃瓶子里，它开了半月有余，也

甜美的东西，是要珍惜着的，是要慢慢消化着的。

很多时候，幸运不在于你有没有得到，而在于，你有没有失去。

才谢了。

去福建，拥挤的街头，嘈杂的闹市口，热气蒸腾。有山里汉子倚一堵墙而坐，他的跟前，搁着一只红塑料桶，桶里面插满了野姜花，朵朵含苞欲放。卖花的汉子说，山上的，刚采的。一街的腾腾热气，就那样迅速散去，眼前只剩下那一朵一朵的野姜花，带着山野清凉的气息。一衣着简朴的青年人，路过，在花的跟前停下来，他低头看着那些花，犹豫了一会儿，买了一束，捧在胸前。那一刻，卖花的，买花的，俱美好。

曾在一本书里，看到过一句话，记在心上了：哪怕你口袋里穷得只剩下一文钱，你也要花半文钱去买枝花，芬芳你自己。我想，拥有了那样一颗芬芳的心，再糟糕的人生，也会安然走过来的吧。

幸运的你啊

　　很多时候，幸运不在于你有没有得到，而在于，你有没有失去。

　　你说你是个很不走运的人。出生于偏僻乡村，无家世可拼，无权势可倚，一个人，赤手空拳打天下，处处低人一等。多年拼搏，终于挤进城里来，也不过是觅得一份寻常工作，娶了个寻常的妻，生了个寻常的孩子，一家人挤在不足五十平的蜗居里。

　　你说这世界，处处都写着"不平"二字。你厌倦了你所做的工作，清水养鱼，再努力也升不了职发不了财。你看不惯太多的人、太多的事，它们偏偏如蝇虫相随。你抱怨生不逢时，没有慧眼识英才。你甚至对你居住的小区，也一日一日看不入眼，生了嫌弃的心。老式住宅楼，多的是底层平民，看上去，都是一副灰不溜秋的样子。你说，就像一群鸦，你也是其中一只。总之，你的日子里，有着太多的不如意。

你让我想起我的两个同事来。他们也曾如你一样，抱怨着这不公那不公的，好像全世界都欠着他们。直到有一天，单位例行体检，一同事被检查出肺部有暗影一团。医生断定，癌。那同事当即瘫倒，面色煞白，整个人感觉都不好了。他再也吃不下饭、睡不着觉，看上去就是一晚期癌症病人状。他揪住每一个前去看他的人，气若游丝地说，怎么偏偏是我得这种病？

　　后来他被送去外地大医院复查。复查结果，只是肺部感染，不是癌。那同事得知结果，狂喜得像中了头彩，他对着医生恨不得磕头，泪流满面地一个劲说谢谢。出得医院大门，他看天天也好，看地地也好。身旁走过的陌生人，也都是好的。街旁的花草树木，也都是好的。这世上，竟没有一样在他的眼里不是好的了。他说，算是死过一回的人了，总算明白了，世上太多事都不值得计较，能好好地活着，就是顶幸运的一件事了。

　　我的另一同事，双休日约了几家人一起出外游玩。路线早就选好了，酒店也都在网上预订了。然就在他收拾行李准备出门时，突然接到老家电话，说他老父亲在干农活时，摔断了腿。他真是恼火得很，不停地埋怨着老父亲，怎么早不摔断腿晚不摔断腿的，偏偏选他要出行的时候。但也没别的法子可想，只得取消行程，匆忙回家。

　　傍晚，他在老家，有消息忽然至，说出游的另几家，路上遭遇车祸，伤亡惨重。我这个同事当即吓出一身冷汗，呆立在原地，半晌没说出话来。事后，他越想越后怕，紧紧抱着他的老父亲，做梦般的，一遍一遍地说，我没出门，真是万幸哪！

　　你瞧，幸运其实一直都在的。很多时候，幸运不在于你有没有得到，而在于，你有没有失去。你守住了健康、平安和喜悦，你是幸运的；你晚上归家，家人一个都不缺，都好好地在着呢，你能陪着他们，享受着家常菜的馨香，你是幸运的；窗外风狂雨骤，你的蜗居虽不大，但足够你躲避风雨，你是幸运的；每日清晨，阳光重又爬上你的窗，你又拥有了新的一天，你是幸运的；黄昏时，你穿行于俗世的庸常里，路边花开灼灼，瓦肆之中，寻常烟火蒸腾，那一刻，你在。你说，你还要怎样的幸运？

一生只忠诚于一件事

他把一份卑微的职业，做成崇高和传奇。

知道那个叫米索，又名侯赛因·哈撒尼的人，是在一份晚报上。狭长的一角，有篇特稿，报道的是他。寥寥数笔，却用了很长的标题——《萨拉热窝一擦鞋匠辞世，众多市民自发聚集致敬》。

我剪下了那篇特稿，收藏了。

他出生于波黑，一个普通的平民之家。父亲是个擦鞋匠，凭着这份手艺，养活全家。21岁时，米索接过父亲的擦鞋摊，成为萨拉热窝街头一名年轻的擦鞋匠。

不难勾画出这个时候米索的样子：高高的个头，白净的皮肤，有着黑色的或淡黄的微卷的发。深凹进去的大眼睛，炯炯的。浑身蓬勃着年轻人特有的朝气，像只拔节而长的笋。萨拉热窝人亲热地称他，米索小伙子。

每日里，他晨起摆摊，暮降返家，风雨无阻。所做的事，单调得近乎机械，就是埋头擦鞋。他却深深热爱着，近乎虔诚地对待着手底下的每双鞋。他一边擦鞋，兴许还一边哼着歌。他做着一个快乐的擦鞋匠。看到他，人们再多的愁苦，也消减许多。

一年过去了，他在街头擦鞋。再一年过去了，他还在街头擦鞋。再再一年过去，他仍在街头擦鞋。渐渐地，他擦成萨拉热窝街头的一个标志、一道风景。人们出门，总习惯性地先去找寻他的身影。哦，哦，米索在呢，人们的心，会因他而雀跃一下。天地立即安稳下来。

日转星移，寒暑更替，许多个年头，不知不觉过去了，他由年轻的米索小伙子，变成了人们口中的米索大叔。

1992年，同属于南斯拉夫人的三个民族，就波黑的前途和领土划分等问题，发动了大规模的内战，造成几十万人死亡，史称波黑战争。这次战争中，萨拉热窝被炮火围攻四年，城里居民四处逃亡，六十开外的米索，却没有离开过一步，他冒着炮火，照旧晨起摆摊，暮降返家。他在街头的身影，成了人们眼中的一面旗帜和幸运符。惊慌悲痛的人们，只要一看到亲爱的米索大叔，情绪立即得到宽慰，重新燃起生活的信心和勇气。"只要他不走，我们就知道即使今天天塌了，我们明天还会活得好好的。"人们说。

他活了下来，和他的萨拉热窝一起。他继续做着他的擦鞋匠，晨起摆摊，暮降返家。外面是天晴日丽也好，风雨琳琅也罢，他的江山不改。他把一份卑微的职业，做成崇高和传奇。

2009 年，米索荣获政府表彰，获赠一套房和一大笔退休金。他对着媒体镜头，极为平淡地表达了自己的心声："很多人问我为什么要坚持这一行？我认为这份工作已经融入我的血液中，我会一直擦到生命尽头。"

他做到了。83 岁这年，他走完了他擦鞋匠的一生。他的遗像，被摆放在萨拉热窝街头，供人瞻仰。人们还在他的遗像旁，放置了一双干净的皮鞋。

一生只忠诚于一件事，世界之大，能有几人？

花池里的草

这世上，谁能说就比谁更优越呢？你有你的盛开，他有他的繁华。

我在院门前的花池里长花。

花不长，草长。还不止一种草，多种，叫得出名叫不出名的，它们齐齐跑来我的花池里相会。嫩绿的，浅绿的，绛红的，米黄的，不一而足。真让我吃惊！原来，草也可以这般姹紫嫣红、这般有华彩的。这很像一个不起眼的人，你以为他是庸常的、无足轻重的、可以忽略不计的，你瞧他不起。等某天，你意外走近了看，他也有妻有子，勤勉努力，妻子爱他，孩子爱他，他在他的日子里，活得富足安康。

这世上，谁能说就比谁更优越呢？你有你的盛开，他有他的繁华。

草继续生长，一天一蓬勃。我由起初的赏花，变成了赏草，时不时站花池跟前看看它们，意外捡得一颗欢喜心。感谢草！它们不因我的疏忽和轻慢，而轻视自己一点点，它们寸土必争争取着活的权利，且尽可能地让自己，活出色彩来。

人却说草贱。人这是妒忌呢，妒忌他们活不过草。"野火烧不尽，春风吹又生"，这是草。"一番桃李花开尽，唯有青青草色齐"，这又是草。草的生命真是顽强得天下无双、无可匹敌，它吃得了苦，受得了折磨，风来雨来，霜来雪来，甚至药除火烧，它都扛得住，把脚跟立得稳稳的。大凡有泥土的地方，就有草的身影。人争了一辈子的江山，其实都是草的。草是真名士自风流。

晋人陶渊明写它："芳草鲜美，落英缤纷。"陶公用"鲜美"二字来说草，算是说了句良心话——草是能吃的。羊吃牛吃猪吃马吃，荒年时代，人也吃。它救过多少条命，饱过多少人的胃？没人想过。

草还能治百病。一部洋洋大观的中医古典著作《神农本草经》，几乎就是草给撑起来的。我的乡亲们不看本草经，但人人都握着一套老经验，被刀割伤了拿什么草止血，闹肚子了吃什么草可以减缓，他们都知道，路边随便揪上一把带回家就是了。

想起唐人刘禹锡的草："苔痕上阶绿，草色入帘青。"真是诗情画意得不行。乡野偏僻，小小陋室，因草的到访，千古流芳。他的《陋室铭》中，我最喜的就是这一捧草色。那是生的趣味，又简朴，又清丽，绵长悠远。

清代袁枚笔下的草，则充满童真。"儿童不知春，问草何故绿。"春天来了，草长莺飞。初入尘世的孩子，睁大眼睛，好奇地打量着门外新冒出的绿茸茸的小草，他们不明白，绿怎么从泥里面长出来了？他们的稚言稚语，有着嫩草般的鲜嫩和芬芳。

　　那些草，是不是我眼前的这一些？它们朝着更蓬勃里长，满满一花池了。路过我家门前的人，三番五次好心提醒我，"看，你家花池里的草，都长这么高了，快拔掉啊。"我笑笑，不置可否。心里说的是，我是养着一花池的鲜美、草药、诗意和童真呢，这天赐的欢喜，我怎么舍得拔！我还等着它们开花的。

不要让心长出皱纹

人活的，原不是年纪，而是心态。只要心态不老，你就永远不会老。

一帮中年人聚会，一女人盯着我细看，冷不丁来了句，你脸上怎么还没长皱纹？

去理发店。帮我洗头发的小女孩的手，鲜嫩得跟青葱似的。她在我头上弹啊弹啊，弹着弹着，突然顿了手，甜甜地问，阿姨，你的头发怎么这么黑，一根白的也没有？

跟陌生朋友见面，他们总要疑惑地，对着我上上下下，打量了又打量，问，你儿子果真那么大了吗？你看上去不像啊。

像？什么才叫像？就像小时写作文，写到母亲，必是皱纹密布的一张脸。黑发里，必是霜花点点。必是背驼腰弓，沧桑得不得了。必得有一点老态，才叫正常。仿佛到了一定年纪，非得烙上这个年纪的印记不可。涂红指甲，不可以！穿花裙

065

子，不可以！你因一件好玩的事，忘情地跳着笑着，不可以！你还拥有好奇、激动、热血，不可以！

街上的喧腾热闹，都不带你玩了。新奇新鲜的玩意儿，都没你的份了。衣服也只能挑黑蓝紫的，质不必高，能遮身就行。出门不必装扮，因为没人注目到你身上。时尚的话题，你没一句插得上。你一边待着去吧，别碍手碍脚的，最好自个儿识趣地，搬把椅子，去太阳下打打盹。或养只小猫小狗，打发时光。你慢慢、慢慢地退到角落里去，没有人留意你的喜怒和欢悲，你被世界遗忘，你渐渐的，也被自己遗忘。

这叫什么逻辑！

我偏不！我想唱的时候，我就大声唱。我爱跳的时候，我仍忘情地跳，只要我还能跳得动。我还是爱囤积发圈、胸针、手链、挂件诸如此类的小物件。我还是好探险，喜欢跑到幽深的更幽深的地方去，因意外发现一棵开满花的老树，而万分惊喜地欢叫。对了，我还买了一堆气球放家里，没事时，吹着玩。

我堂哥，五十好几的人了，头顶已秃过半，眼角皱纹堆积。我们虽不常见面，但每次见面，我都喜欢跟他粘一起，因为他好玩。有一次，我在房间做事，他在客厅，我突然听到客厅里传来他的哈哈大笑。跑去看，他正在看动画片，动画片里，一只小老鼠把一只猫捉弄得狼狈不堪。我堂哥指着动画片叫我看，笑得上气不接下气，他说，你看，你看，你看那只小老鼠！那一刻，他可爱得让我想拥抱他。

人活的，原不是年纪，而是心态。只要心态不老，你就永远不会老。

记得我在念大学时，一老太太教我们历史。我们一帮青春娃，开始都很排斥她。等听她上了几节课后，我们却一下子都狂热地爱上她。她喜穿水粉的衫子，又描眉，又画唇，真是好看。上课时，她的肢体语言十分丰富，讲起历史典故来，眉飞色舞，引人入胜。课后，我们围住她聊天，她教我们怎么打蝴蝶结，告诉我们去哪条老街，可以淘到好看的包和鞋子。春天，她和我们一起外出踏青，在闹市口，她买一艳丽的鸡毛掸子扛着。桃红鹅黄的鸡毛，插在一根长长的竹竿上，她扛着这团艳丽，在人群里走，实在招摇。我们虽不明所以，然跟着她的这团艳丽走，满心里，竟都是说不出的快乐和好玩。等走过闹市区，她这才对我们悄语，我买这个，是想扑蝴蝶来的。

好多年过去了，每每想起她，人群中的那团艳丽，和她一脸的小天真小狡黠，我都不由得从内心底，散发出欢笑来。

我知道，有一天，我的脸上，也会长出皱纹。我的头发，也会渐渐变白。我也终将老去——时光，这把镂刻岁月的刀，我也控制不了。但我，大可以让心，不长出皱纹。像我的大学历史老师那样，永葆着一颗童心，去好奇，去发现，去欢喜，去开怀。这对自己来说，是有福的，对身边的人、对这个世界，亦是有福的。多一份童趣，少一份怨憎和暮气，多好玩啊。

一只猫的智慧

这世上，所有的生命，原都各有各的生存智慧和本领。

朵朵是我捡回的一只猫。

许是有着流浪的经历，它很少有安分的时候。把它留在屋子里，它是不大待得住的，除非它饿了，跑回来讨吃的。

好在我有自己的院落，大门整天洞开着，很方便朵朵的自由出入。院落外面，是一大块空地。空地上，东家种点瓜，西家种点菜，还有人在里面长花。花是海棠，一年里，大部分时间，海棠都在开着花。红艳艳的，浮霞一般。

朵朵很喜欢这块地，它把它当乐园。它在里面打滚。它在里面奔跑。它跟花捉迷藏。它跟草捉迷藏。它也逗着一些小虫子玩，捉起，再放。再捉，再放。一玩就是大半天。在一只猫的眼睛里，这个世界，都是好玩的吧。

我有时会站在院门口看它玩。它顺着竹竿爬，爬，一直爬到竹竿顶端，跟一茎丝瓜藤比赛着跑。它扑到海棠花上，摇落了海棠花几瓣，它抓住那几瓣海棠，愣是玩了半晌。地里一棵普通得不能再普通的一年蓬，朵朵围着它，竟也玩出百般的趣味来。风吹，一年蓬的草尖尖轻轻摆动，可把朵朵兴奋坏了。它紧张地盯着那摆动的草尖尖，埋下半截身子，蓄势待发。突然，它箭一般地射出它的身子，扑过去，跳上跳下。像骁勇的士兵，独闯沙场。真是羡慕它啊，人的心，早就失了这样的活泼天真，老到得很世故，倒是无趣得很了。

夏天，我在屋门外另加了一道纱门，挡蚊虫苍蝇。这多出的一道门，给朵朵带来极大困扰。一道门挡着，它要么进不来，要么出不去。它抗议，喵呜喵呜叫唤，使劲叫唤，以吸引楼上我的注意。我听到了，会下楼来替它开门，放它进来，或放它出去。有时我听不到它叫，或者听到了，我正忙着，就不去搭理它。它很郁闷地独坐在门前，透过纱门，盯着外面的世界。几片落叶，掉进院中来，在院子里的大理石地面上翻卷，朵朵望着很着急。这时我若开门，它准会一跃而起，弹跳出去，搂着地上的落叶打滚，头都来不及抬的。

某天，我出门散步，忘了把朵朵放出来。等我散步归来，竟看到朵朵在院门口的那片空地里，正追扑着一只小虫子，玩得不亦乐乎。我惊奇不已，屋门完好无损地关着，它是怎么出来的？

留心观察它，很快被我发现了玄机。原来，它的小脑袋里，不知什么时候已琢磨出开门的小点子。它对着关紧的纱门，退后几步，埋下半截身子，像跳高运动员一样，来一段助跑，等跑至门边，整个身子猛地一跃，两前爪向前，扑到纱门上，门就被推开了。

它跑出去，还不忘回头，得意地冲我"喵呜"一声。

这世上，所有的生命，原都各有各的生存智慧和本领。一只猫的智慧，该是轻轻盛放的一朵花、绿绿的一株草、一只飞翔的小虫子、一阵淡拂的清风——是灵魂的自由。

没有谁在原地等你

请不要怀疑当初的誓言，每一段感情，原都是真的。

半夜三更，你跑来对我哭诉他的变心，首如飞蓬。你说当初他苦苦追你时，信誓旦旦，许诺过一生一世。婚姻十年，你付出太多，你甘愿放弃一切，做着全职太太，为他洗手做羹汤，为他生儿育女。他现在事业有成了，拣着高枝飞，竟要抛下你这个糟糠之妻。

当初的誓言都是假的！假的！他就是个陈世美！你恨恨。

我看着你，委实吃惊。记忆中的你，粉衣白裙，款款走在三月的花树下。你念过不错的大学，弹得一手好古筝，还会画些小画，虽不是光芒万丈，但也是灿若明珠一颗。

而现在，你发胖的身体，随意套在一件家居服里。你满脸都是怨怼和愤恨，你已跌落尘埃，成了一颗玻璃珠。

你还弹古筝吗？我问。

你愣一愣，不解地看着我，啊一声，说，早就不弹那个了，手指都僵硬了。

哦。我为你可惜。

我想讲一个小故事给你听。

多年前，我还是个小姑娘的时候，特别馋柿子。

对，就是那种软软的红红的，西红柿一般大小的，普通得不能再普通的水果。现在的农民种植多了，坡上地里，成片的。秋天的时候，柿子多得挂树上无人问津，只一任它挂着，小红灯笼似的，成风景。

那时候却稀罕。我读书的小学边上，住一户人家，院子里长一棵很粗大的柿子树。十月的天，一树的柿子，黄澄澄的。那家人把柿子一只一只采下来，用洋石灰焐着。不消半天，那柿子就熟得红艳艳亮透透的。透过外面一层薄薄的皮，望见里面甜蜜的果肉在流淌。手上有零钱的孩子，下了课一路奔过去买。他们回教室时，吃得手上嘴上，都是红艳艳的汁液。我表面上装着不屑，心里却渴望得要死，眼睛的余光，扫到那红红的汁液，它的甜蜜，在我心里汇成小溪流，不息地流啊流啊。我以为，世上最好吃的东西，非柿子莫属。

后来，我终得闲钱一枚。午饭也顾不上吃了，我紧攥着那一枚硬币，迫不及待就往有柿子树的那户人家跑。当时，那家人正围坐桌旁吃午饭，他们奇怪地看着我，问，你做什么呢？我手里举着那枚硬币，我不好意思说是买柿子的，只嗫嚅着，低头踢脚下的土。那家妇人看看我手里的钱，似乎明白了，她说，家里没柿子了。我一惊，抬头看她，她的神情，没有一丝说笑的意思。我的心，一下子掉进冰窟窿里，委屈得快要哭了。我怔在那里，走也不是，不走也不是。妇人看看我，忽然叹口气，起身去了里屋，出来时，手上已托着一只红彤彤的柿子了。"这是留给我家大丫吃的，就剩这最后一个了，算了，给你吧。"她接过我手里的钱。

我不记得是怎么把那只柿子吃下去的。我只记得，那日的天空，有着不一般的蓝。校门口的小河边，开满了黄黄白白的野菊花，好看得要命。我快乐得一下午都想歌唱。

多年后，成筐又大又红的柿子放我跟前，我连碰都不想碰了，我早已不喜吃它。

是我变心了吗？从前对它深刻的眷恋，都是假的吗？不，不，柿子还是从前的柿子，而我，早已走过万水千山，见识过太多比柿子更好吃的水果。我的味蕾，已变得很挑剔。

所以，请不要怀疑当初的誓言，每一段感情，原都是真的。只不过，时过境迁，他已走过十万八千里，而你，还待在原地。

洗手做羹汤

我以为，再多家常的细节，也敌不过这个"洗手做羹汤"的。

读唐诗，读到王建的"三日入厨下，洗手做羹汤。未谙姑食性，先遣小姑尝"，爱极。特喜欢"洗手做羹汤"那句，很活泼，充满生活气息。是女子葱白如玉的手么？浸在一盆清水里。女子弯弯的眉梢上，一定含了羞。心却是忐忑着的，实在怕做不好汤。菜在案板上躺着——是剥光皮的芋头，或是，一堆切好的山药，可以做甜汤。女子的发挽上去，收起女孩子的俏皮，从此，做了人家的媳妇。

我以为，再多家常的细节，也敌不过这个"洗手做羹汤"的。这是怎样的一种可亲与可爱？一个女子，她肯为你跳进厨房做羹汤。当汤在锅里"噗噗"地响着，厨房里弥漫着食物好闻的味道，你远远归来，一脚踏进家门，就被浓浓的食物香气给抱着了。你的心里，会绵延出怎样的满足与幸福来？家常安康的日子，原是这一鼎一镬滋润出来的。

记忆里，我的祖母，会做好喝的鸭羹汤。这汤其实与鸭子一点关系也没有，完完全全是芋头做出来的。那时日子清贫，吃不到鸭，但芋头却是不紧张的，屋后的地里，长很多。刨出来，剥下外面一层黑乎乎的皮毛，就露出里面雪白的身子。祖母的切功很了得，她会把它切成大小均匀的疙瘩，一粒一粒，放锅里烧。汤烧得十分的黏稠，我的祖父爱吃。每到饭时，他总是吩咐祖母，做一碗鸭羹汤吧。

那时，我喜欢在一边看祖母做羹汤，一招一式里，都是暖和香。切刀在案板上叮叮咚咚，灶膛里的火苗烧得旺旺的，空气中，飘着葱花的香，日子真是又踏实又温暖。

如今，可喝的汤太多了，鸭羹汤倒是不常见，它更多的是在怀念中。偶尔我想起，会到菜市场上去寻了芋头回来，学着祖母的样子做。但过后手却瘙痒得不行，像有千万只虫子在皮肤里面爬。原来，芋头皮是极易使人皮肤过敏的。想祖母做了一辈子的鸭羹汤，却从未曾听她喊过手痒，那里面，该有多么深厚的爱的支撑！

我想到女友尹娜。尹娜原是个相当前卫的姑娘，她讨厌被束缚，她讨厌传统婚姻，讨厌做烟熏火燎的主妇。曾当众宣布：一、永不结婚；二、永不进厨房。一个人过多自由自在啊，她说。于是天马行空，满世界游走，活得潇潇洒洒。她的新居里也有厨房，厨房里的厨具，一直都是簇新簇新的。她笑言，摆设而已。某一日，我去看她，却看到她正挽着袖，异常努力地在对付着一条大鱼。问她，干吗呢？她说，煎鱼汤啊。脸上的表情，竟镇静从容得很。

原来，她爱了，她爱的那人，上夜班，熬夜呢，她要煎鱼汤给他喝。鱼汤，大补，她这样跟我解释。说着说着，竟幸福地笑起来，完完全全忘记了，她曾经发过的誓言。

因为爱你，才会为你洗手做羹汤。这就是凡俗的爱情，家常的，充满烟火气的。

棉被里的日子

　　这是俗世，阳光照着，日子在棉被里安好。

　　太阳照着，很好的晴天。这是深秋的天，有太阳的时候，天高云淡的，适合踩着落叶走，亦适合晒被子。

　　说起晒被子，小时的阳光，便穿云破雾而来。那个时候，人单纯得像玻璃娃娃，阳光照在身上，会发出晶莹的光。母亲把棉被，一条一条展在太阳下晒。母亲算不上是一个美丽的女人，她瘦，且黑，也没有飘逸的长头发。可晒被子的母亲，浑身像罩着七彩呢，一举手，一投足，都显得动人。

　　棉被的被面上，印着硕大的花，花瓣儿开得恨不得掉下来。我认不得那些花，可看着喜欢。也有喜鹊站在花枝上，尾巴拖得长长的。被面的底色，大红或大绿，耀眼得很。阳光掉在上面，"嘭"地开了花。我把小脸埋在被子里，不肯抬起来。被子软软的，阳光软软的，像母亲的手掌心。母亲叫："丫头，汗会蹭上去的呀。"不听。母亲也不当真，任由我去。有时头埋在被子上，埋着埋着，就睡着了。四野静静的。

那时乡村人家嫁女儿，嫁妆里最出彩的，要数棉被了。红红绿绿簇拥着，六条或八条，极霸气地耀人的眼。乡人们围着看，对着被子评头论足，说厚了薄了或是多了少了。整个喜气洋洋全在棉被里藏。

我结婚时，已流行丝绵被。薄薄的，轻软。母亲却说："哪里有棉花的暖和？"执意给我缝新棉被。八床新被，四条大红，四条水绿，是我见惯的那种被面，上面开着大团的花，牡丹或芍药。也有喜鹊朝阳，拖着漂亮的长尾巴。被子艳艳地放在装嫁妆的卡车上，一路吸了很多眼光，听得路人说："瞧，那些被子。"心里得意，我是被宠爱的女儿呢。这些被子，我一直盖到现在。

天好的时候，我会把它们捧到阳光下，像我母亲那样，把它们一一展开来，晒。被面上大团的花，就在阳光下盛开了，开得欢天喜地。朋友有次来我家，看到我晒的被子，惊讶得两眼瞪得溜圆，叫道，好乡气！我笑着不理她，乡气里缠着我小时的好，她哪里懂得。

天阴过几天，突然放晴。母亲来电话，说："天好起来了，多晒晒被子啊。"母亲总是操着这份心，怕我不会过日子。她哪里知道，一个女人一旦走进婚姻，会无师自通学会做很多事，譬如，天好的时候，洗被子晒被子缝被子。

现在，我的大花被就在阳台上晾着。卖大米的从楼下一路叫过去。邻里的声音高高低低传过来。这是俗世，阳光照着，日子在棉被里安好。

活着的真姿态

　　我看见了活着的真姿态，那里面有努力，有坚守，有感恩，有知足，有坦然，还有一种，叫爱的东西。

　　秋天，街旁出现了山东那对卖炒货的老夫妇的身影。

　　他们身后的小棚屋，已关了一个夏天了。

　　我欢喜地跑过去。

　　每年秋天，我们都要这么欢喜地相见。

　　老夫妇俩看见跑过去的我，远远就叫起来，会员卡，会员卡。一个夏天不见，他们见到我，也是格外的亲。

　　关于这会员卡的叫法，是有来头的。我起初经常跑去问他们买瓜子，去的次数多了，就跟他们开玩笑，我说，快给我办会员卡，下次我再来买，要打折哦。从此，他们就叫我会员卡了。

　　老头儿说话不多，只是沉默着做事。他在一口大锅里翻炒着花生、瓜子等炒货，袖子卷得高高的，胳膊上暴出的青筋，跟小蚯蚓似的。虽说现在都有机器炒了，滚筒一转，眨眼工夫就炒好了，可他们还是坚持用这种传统的炒法。这样炒出来的才香，他们固执地说。

我信。这么信着的人还真不少，到他们炒货摊买炒货的，回头客多。即便他们比别家卖的要贵上一两块钱，也没人介意。手工的么！那是留着人的体温和情意的。

老妇人有一只眼睛装的是义眼，看人时，那只眼球瞪着，一动不动。

我上街，如果有空闲，爱跑去他们摊子上，帮他们卖卖瓜子，跟他们聊聊天。有一次，聊着聊着，也就聊到老妇人的这只眼睛。

哎呀，那是跑路跑快了磕的，磕的嘛。她说起这只眼睛来，是笑着的。好似小孩子做了一件错事，不好意思得很，曾经的痛楚，并不装在心上。

当年，因家里生活艰难，他们拖儿带女，跑到这异乡来卖炒货糊口。这一出来，就是四十来年。那时，他们的娃，不过才板凳高。

现在，我的孙子都快娶媳妇了。老妇人一边比画着，一边说，心满意足的。老头儿偶尔抬头看她一眼，笑笑的。

我儿子在无锡买了房，我女婿在扬州买了房，干的也是我们这行。

我侄子也干这一行，一家老小也都跟出来了。

他们也都买了房，小日子过得很不错哟。

老妇人絮絮地说到这儿，目光求证般地看着老头儿。老头儿就冲我点点头，证明她所言不虚。依然笑笑的。

我看着他们脸上的皱纹头上的白发，心里发热。尘世万千中，他们毫不起眼，卑微如尘，可是，却又坚韧如树。他们硬是凭着手里的一把铲子，一铲子一铲子养大儿女，把小小的炒货，做成家族事业。

我看一眼他们身后居住的小棚屋。那是一幢住家小楼旁边斜搭出来的两小间，石棉瓦盖顶，简陋得很。楼主人原先大概是用来放放杂物的，租给了他们。他们要在里面待一整个秋天，再一整个冬天，一直到明年夏天。夏天，炒货生意清淡，他们是要回老家去的，他们想家。

问他们，你们为什么不在这里买套房？买个小套也好，住着也舒服。

老妇人笑了，说，我们这样住着挺好，多年了，习惯了。

见我仍盯着她在看，她局促起来，说，我们是想回老家的。等再干不动这个了，我们是要回去的。

这里不好吗？你们在这里不是待了好多年吗？我问。

好，样样都好，比我们老家好。但我们还是要回老家的，麻雀还有个窝呢，我们的窝在老家，老妇人说。

反正，我们这把老骨头，是要埋在老家的，老头儿这时不紧不慢插上一句。

老妇人赞许地冲他看过去。他们对望一眼，一齐笑起来。

有顾客来买瓜子，他们招呼去了，一个称秤，一个收钱，配合默契。

我站在一边笑着看，看了一会儿，跟他们告别。他们愉快地冲我招手，会员卡，明天再来玩啊。我答应一声，心里高兴。我看见了活着的真姿态，那里面有努力，有坚守，有感恩，有知足，有坦然，还有一种，叫爱的东西。

第三辑
森林笔记

生活的简练也来自内心的
真诚。你过着怎样的生活，
有时，取决于你的内心。

这世上，谁能说就比谁更优越呢？
你有你的盛开，他有他的繁华。

人活的，原不是年纪，而是心态。
只要心态不老，你就永远不会老。

我的"瓦尔登湖"

我徜徉在那些杉树林里。枝叶筛下点点日光，水波一般，而我，是水里面快乐游弋的一条鱼。

十多年前，跟那人回他的老家，偶经过海边森林，我被那无边无际的林木，惊着了。杉树、杨树、银杏，不一而足，都是成片成林地长着的。还有大片大片的竹海。那之前，我一直以为森林离我远着的，它应该远在某座大山里，远在西双版纳那样的地方。

后来得知，这个森林，是上个世纪六十年代，下放来此的上海、苏州、无锡的知青们，开垦荒地，一锹一土给挖出来的。每一棵树、每一片叶子里，都有着从前的青春热血，和一些说不清道不明的情绪。它是属于记忆的。

从此，心里有了记挂。每隔些日子，烦躁了，郁闷了，空落了，我会对那人说，去看看森林吧。于是我们一路向着海边去，百十里的车程，也便到了。

　　我徜徉在那些杉树林里。枝叶筛下点点日光，水波一般，而我，是水里面快乐游弋的一条鱼。或者，穿梭在绿得像绿水晶一般的竹林里。我被绿染得青翠通透，我是绿莹莹的一个人了。那会儿，我总疑心我是到达了某个海底。

　　有一次，我们还意外撞到一块野葵地。无数朵野葵花，寂静无人地开着。白色的飞鸟出没其间。旁有小河静静卧着，河水缓缓流淌。河面上，野鸭几只，凫游着，亦是静静的。

　　还撞到一间小茅屋，在竹林的顶端。是守林人的。他在屋门前，刨着一小段木块，说是要做个灯笼。一人，一狗，几只鸡。有扁豆花兀自在茅屋顶上，开得静悄悄的。那样的静好，是前世今生，是地久天长。它让我生了贪恋，要是能住在那里就好了。当这种欲望越来越强烈时，我开始着手实现它。

　　我搁下手头在做的事。我不带电脑，只带着一颗心，和一本书，奔了森林去。书是木心的。木心说，文字的简练来自内心的真诚。"我十二万分地爱你"，就不如"我爱你"。多么简单有趣的一个人！我想说的是，生活的简练也来自内心的真诚。你过着怎样的生活，有时，取决于你的内心。舍弃一些繁复与牵绊，其实并不难，难的是，你有没有真心想舍弃。

　　梭罗因厌倦城市的混沌污浊，一口气跑到远离尘烟的瓦尔登湖，在湖畔筑小屋独居，一住就是两年多。在那两年多的时间里，他和湖水、森林对话；和飞鸟、虫子交朋友；观看小蚂蚁们打架；晨迎朝霞起，暮送夕阳归。并在他的小木屋四周，开荒种地，自给自足。完全回归到大自然，成为大自然之子。

每个人的心中，都有一个"瓦尔登湖"的。

我的"瓦尔登湖"，就是那个海边森林。它在我的东台。它在黄海之滨。

杉树光阴

翻阅一个大森林，就像翻阅一本心仪已久的书，是不舍得一下子就翻完的。

诚诚说，放心，老师，您若不叫我，我绝不会去打搅您的。

我刚到大森林，诚诚就闻讯迎了过来。他是森林里的工作人员之一，年轻帅气的一个大男孩。大学毕业没多久，他就来到大森林。他说很久以前就读我的书，真心喜欢着。

您想吃什么，可以提前告诉我，我会让食堂给您备着。我们这里全是绿色食品，林下鸡蛋，林下蔬菜，林下鱼，保证您喜欢，诚诚热情地说。

一个大森林，捧出的每样吃食，都带着树叶和青草的味道。不用吃，光是想一想，也叫人满心喜悦。

我拥抱了可爱的大男孩，感谢他的好心和善解人意。

在客房里放下行李，简单地收拾了一下，我便出门去看森林了。

翻阅一个大森林，就像翻阅一本心仪已久的书，是不舍得一下子就翻完的。读两页，就要珍惜地搁下，掩卷沉思，微笑，赞叹，让文字一个一个，在心里面开花。那种幸福滋味，是一点一滴，渗透进每一丝的呼吸与记忆里的。只宜独享。

现在，我面对我的大森林我的"瓦尔登湖"，我屏声静气，小心地翻开它的扉页。一个杉树林，迎面而来。

对杉树，我实在有着好感。它算得上是草木王国里的"老祖宗"了，早在恐龙统治着陆地的白垩纪，就出现了。那时，人类还完全没有影儿的。

也是打小就认识它。小时候，我爸在屋旁栽杉树。栽一行，再栽一行。我和我姐，提着小水桶，跟后边兴奋地帮着浇水。我爸说，丫头们，这是给你们做嫁妆的。

哦？我们惊奇地看着那些小树苗，眼前晃动着大红的木箱子和大红的木桶，那是嫁妆红。村子里人家的姑娘出嫁，都要陪上这样的嫁妆的，一派的喜气洋洋，一派的花开明媚。我们挺高兴的，高兴得有些发癫。想到有一天，自己居然也可以拥有那些大红的木箱子和大红的木桶，做人真的是华贵和有意思得不得了。

杉树长得快，也不过几年工夫，就蹿到比我家的屋顶还要高了，枝干挺拔，叶片秀气。我和我姐常跑去看，抱抱它们，看它们又长粗了多少。想着那些大红的木箱子和大红的木桶，心里欢喜着。

后来，我渐渐长大，出外求学，留在家里的时间，真是少之又少。接着是工作，离家越来越远，家终于成了故乡。少年时的那些承诺、那些欢喜，渐至被遗忘。等到某天，我想起老家的那些杉树来，已不见了它们。那里，栽着一些桑树，枝叶阔大，肥头肥脑的。我妈开始养蚕。

老家的旧屋也翻新过几回，又新砌了房。我爸说，房上的木料，用的就是那些杉树。这个时候，我和我姐，早已在婚姻里安稳。我们都没要那些老式的陪嫁物。偶尔我们回老家，站在屋角，会遥想一下当年光阴，那些属于我们的水杉光阴。很有些怀念。

杉树的性子刚直，倔，宁折不弯。个个都不甘落后，拼着力气向上、向上、向上。上面是光，是暖，是灿烂，是辽阔。杉树的心里，一定清楚着自己要什么。哪怕是一棵看上去还很幼年的杉树，细胳膊细腿的，它也一样地踮着脚尖，拼命地向上、向上，朝着阳光的那一头，一心一意，目标坚定。

面对一棵杉树，人容易心生惭愧。人往往目标太多，又太容易中途放弃，这山望了那山高，得了千个盼万个，于是，总在稀里糊涂地痛苦着，稀里糊涂地被一些额外的欲望支使着，纠缠不清，生生负累。

在杉树的眼里，人是好笑的吧？

我缓缓走在这片杉树林里。我成了一棵会行走的杉树。我和时光，都慢下来了。

有好一会儿，听不到声响，一点儿也听不到。没有鸟叫，没有虫鸣。它们也怕惊扰了这份宁静吧。这是十月，风，还有太阳，还有夜晚的露珠、星星和月亮，或许还有飞鸟，还有虫子，它们你一笔我一画的，在这些杉树的身上，描上了秋的影子。不算深，亦不算浅，是恰到好处的斑斓。

天光敞亮、透明。白日光幻化成无数条调皮的小鱼儿，在那些枝叶间，在林中空地上，在空地上的那些野花野草身上，蹦蹦跳跳。它们银色的影子，滑过我的发、我的眉、我的肩、我的衣袖。待我想捉住它们时，它们又从我的脚跟边溜走。

突然，风起。哗哗哗，哗哗哗，所有的杉树叶，一齐欢唱起来。整个杉树林顿时山呼海啸，万马奔腾。看上去那么柔软的叶子，力量竟如此巨大！

随便一处，都可以坐下来，地上不脏的。铺着落叶的地毯，哪里会脏？我倚着一棵树，顺势坐下来，闭起眼，听树们说话。风轻时，它们的说话声也轻，有些窃窃私语的意思。像谁的手指，滑过琵琶，轻轻弹拨着。风大时，它们欢腾起来，竹板敲起来，胡琴拉起来，还有胡芦笙，还有架子鼓，还有萨克斯。好了，一首它们自编自导的交响乐，就这么热热闹闹地上演了。惊涛骇浪，仍又不失华丽浪漫。

它们这是为谁演奏呢？为我吗？我听着听着，独自笑了。

洁净的光芒

大凡天真着的事物，都有着这般魔力。

梭罗说，每一个早晨，都是一个愉快的邀请，使得我的生活跟大自然自己同样的简单。

想着他这句话的时候，我赶紧起床，换上轻便的衣装，出门。我不想辜负了森林的早晨，那愉快的邀请。

清晨的林中，没有风。所有的树木，都安静着。连小小一片树叶子，都不擅自舞动。

静的力量，有时比喧哗更显巨大，明明济济一堂，却似乎空旷无一物。

这样的静，很合我心意。我本就是个不爱说话的人，在能沉默的时候，我坚决不会开口。我以为，人生的很多好光阴，是被淹没在废话里了。很可惜的。

我在林中走着。我尽量放轻脚步。我怕惊扰了那些树们，我也怕惊扰了我自己。

树们安静的样子，让我想去一一拥抱它们。灵魂简单清洁的模样，就是这般的吧，只认真地做着一棵树，按着一棵树的样子生长。

还有，那些鸟们。

我也怕惊扰了它们的歌声。鸟的歌声，有着穿透人心的宁静。大凡天真着的事物，都有着这般魔力。鸟是天真的。

森林是鸟的天堂。这个黄海森林亦不例外。在这里，鸟的种类，多达二百四十种。

大白天里，却难得见到它们的身影。它们或许是在森林更深处。又或许飞去更远方。往东，就是一望无际的滩涂和大海。天高任鸟飞。对鸟们来说，飞翔是它们一生为之奋斗不懈的事。

清晨，这些鸟们刚刚睡醒，尚未出门。它们用歌声开始它们新的一天。唧唧唧，啾啾啾，稚语欢笑，响成一片，树顶上仿佛开着幼稚园。我能想象，它们一边梳洗着羽毛，一边歌唱。一边吃着早点，一边歌唱。它们对着清新的万物歌唱。对着薄薄的晨雾歌唱。没有一只鸟儿，不是属于歌的。

它们又似在热烈讨论着，今天要飞往哪里去，沿途会遇见什么样的新鲜事。——它们会遇见什么新鲜事呢？会看到一朵蒲公英，在小河边静悄悄地开了；会遇到牛，在树林里安详地吃着草；会看到彩色的蜘蛛，在一座桥的桥栏上织网，一丛小野菊，伏在桥的那头凝望；会看到滩涂上盐蒿的脖子，被秋给染红了；还会遇到赶海的人，他们背着背篓，走向海里去，背影越来越小、越来越小，最后，小到成了一只只鸟。海天一色。

太阳出来了，从森林的东方，从海的那一边。瞬间，一个天地，仿佛启开了无数瓶香槟酒，橘色的泡沫四处飞溅。庆贺吧，庆贺吧，新的一天开始启航了！这时候，每一棵树看上去，都有着洁净的光芒。像极一个精神明亮的人。

糊涂的美丽

　　它们你中有我，我中有你，不问来处，不想去处。就这样，待在一起，待成神话。

　　在桂花的身边，人的大脑，容易迟钝。

　　想什么呢？什么也想不了。

　　那么香！香也罢了，偏还浸着甜。是活泼的少女身上，散发的那种鲜活甜蜜的朝气。

　　怎么办呢？

　　没办法的。只能沉溺，心甘情愿的。

　　我骑着诚诚提供给我的单车，那车真是轻便好骑得很。我从森林接待中心的客房那里出发，客房边上，就栽着几棵桂花树。花累累地开着，香甜的气息，一波复一波。我从旁边经过，它们慷慨地赠我一车的香。

　　我驮着一车的桂花香，穿行于杉树林和杨树林中。上午的森林里，起了风，一阵一阵的，树叶便跟着一声高一声低地应和着。一会儿吟哦，作诗一般的。一会儿长啸，豪气冲天。一会儿又变成淑女，素手弄琴。一会儿化身为壮士，敲着竹板，唱着大江东去，大江东去。

十月的天，有了寒。轻寒。这样的寒，让人的神经变得格外敏感，一点点暖，一点点亮，一点点声响，都能在心中铺出一片温柔来。何况，还有缠绵不休的桂花香。

是森林管理者的用心了，他们在森林里，也栽了些桂花树。不多，只在每条小径的拐角处，栽上一两棵。也只要那样的一两棵，够了。多了，就泛滥了。泛滥了，就流俗了。流俗了，就少了它应有的动人了。赏心只需两三枝。这两三枝，足以供养一颗心了。

我被桂花香迎着，觉得尊贵。我停车，在它的身边待上一待，也不知要跟它说些啥。只微笑着，望着那一树细密的金黄。

没有人。多好。没有人。早晨那些欢叫的鸟们，此刻，也不知去了哪里。偶尔一两声虫鸣，像呓语，响在林子更深处。天地间，只剩下静。除了风偶尔路过。

我在小径旁的一条长凳上坐下。一圈儿的阳光，泊在那儿，泄泄融融。我坐在那圈阳光里。不用急着去哪里，也没有什么人催着我走，也不要去想森林外的事。我做什么，或不做什么，完全听凭自己做主。

还是要想到梭罗，那个可爱的美国人，他住在他的瓦尔登湖，幸福满满地说，我浏览一切风景，像个皇帝，谁也不能否认我拥有这一切的权利。

这会儿，跟他一样，我也像个皇帝。

一只小虫子飞来，歇在我的衣袖上。它把我当作一棵草，还是一朵花了？我没有惊动它，任它歇着。我的身前身后，小野花们黄一朵紫一朵的，肆意无序地开着。它们好似来此游玩的仙童，在偌大的森林里，甩开脚丫奔跑。一只蝴蝶，橘黄的，艳艳的，和一朵蒲公英亲吻了许久。野葡萄的花，细碎得像小米粒，结出的果子，却有着透明的紫，跟小紫玉似的。能吃，我小时候吃过。我跑过去摘下几颗，放嘴里，酸酸的，童年的滋味。几只蜜蜂也不知打哪儿来，它们忙得很，一会儿去问候小野菊，一会儿又来敲野葡萄的门。桂花的甜香，飘拂过来。

我不知拿什么来形容眼前的事物，只觉得眼前样样都好。包括我这个人，亦是好得不能再好。我想对它们说，我们就这么好下去吧，好到地老天荒。

翻开木心的书。木心在聊希腊神话，他说希腊神话有种糊涂的美丽。

我突然为我眼前的事物，找到最好的注脚。原来这一切，都有种糊涂的美丽啊！它们你中有我，我中有你，不问来处，不想去处。就这样，待在一起，待成神话。

水里面的黄昏

天地万物，最慷慨莫过于夕阳，每一次告别，它总要把最后一丝光最后一份暖，留给这世界。

我遇到了黄昏，一个水里面的黄昏。

那会儿，我已穿过一个杉树林，又穿过一个杨树林，到了一片竹林里。

竹林傍着一条河。河呈东西走向，一条南北支流，在这里汇合，它们亲密地搂抱成一个较大的河湾。河湾边多苇和茅，也有树。苇花褐黄，茅花雪白，前者慈眉善目，后者娴静温婉，都是好人家的模样。树们长得茂密，像河湾天然的屏障。有一两棵看上去特别高大，如站在城墙上的卫士，长矛长戟地武装着。它们在那儿好些年了吧？秋风吹过几回，树上的叶落去不少，枝条看上去却并不萧条，反倒有疏朗之意。似乎作画时，有意的留白。

我采了一把小野花。还摘了几颗野草莓。几个妇人在竹林里挖野蒜。野蒜味儿重，风轻轻一吹，就浓浓烈烈地铺洒开来。

我走过去，站边上看，我说，这是野蒜呀。她们笑回，是啊，这是野蒜呀。

回家炖肉吃呀，她们互相说笑。

好些年没见过的野味了。小时候，去荒地里割猪草，挖一把野蒜带回。我奶奶洗洗切切，跟小鱼一起，放饭锅上蒸。那就是我们无限向往的美味了。野蒜炒鸡蛋也好吃。野蒜炖咸肉，更是美味中的美味。只是那个年代，咸肉很少见，偶尔吃上一次，会快乐很多天。

回忆里，最刻骨铭心的事，竟都是关乎吃的。想想，既心酸，又感动。活着最真实最生动的地方，原是在这低低的烟火中的。

我看了会儿妇人们挖野蒜，又观看了一只蜘蛛织网。我一直微笑着，我体会到一种发自内心的幸福。就像梭罗说的，每个毛孔都浸润着喜悦。

然后，一个黄昏向我走来。

起初也不曾有多介意，黄昏么，哪一天都有的。我照旧散我的步，看夕阳忙着在竹林里穿针引线，给竹们穿上金缕衣。天地万物，最慷慨莫过于夕阳，每一次告别，它总要把最后一丝光最后一份暖，留给这世界。

我走到了河边。我不经意地往河里看去，我惊得差点跳起来！一河的颜料，一河的斑斓！一河的！黄昏走到了水里面。

　　水燃烧起来了！火红的晚霞，在水里面跳舞。仿佛无数条红鲤鱼在游，它们摇头摆尾着，活蹦乱跳着，欢欣鼓舞着。简直，疯了！

　　乐什么呢！

　　乐着的不仅仅是它们，还有河岸边的草木。草木们都披上了霓裳，光华灼灼，一齐朝着水里面走来，来跟黄昏相会。天地间，好似走着一支迎新队伍，浩浩荡荡。是诗经年代的那场贵族婚礼么？"之子于归，百两御之"，场面可真够气派够奢华的。终于，草木们与黄昏在水里面相会了。大红灯笼挂起来，锣鼓喧天，鞭炮齐鸣，一场盛大的婚礼，热热闹闹地在水里面举行了！

　　这个时候，我，一个偶然路过的过客，除了热泪盈眶，实在没有别的事好做。

到古镇去看古

人类的承接，原是错综纠缠的脉络，树根似的，盘结而下，与坚实的大地紧紧相连。

古镇真的很古，始建于唐开元元年，且有个让人浮想联翩的旧名——东淘。东临大海，大浪淘金——金是没有的，却有盐，至清嘉庆年间，这里已有灶户 19694 家、灶丁 48413 名。傍镇有南北贯通的串场河，河面上整天船只穿梭、舟帆楫影。去时运盐，回时黄石板压舱。一日一日，那带回的黄石板，竟在镇上铺出一条七里长街。

有街，人烟必旺。于是，一家一家的店铺林立起来，连成一片，连成黛青的丛林。飞起的檐上，乌青的瓦当，展翅的燕似的，息在上头。上面刻着"福、禄、寿、喜、财"等吉祥的字样。做买卖的乡下人，肩上担一副担子，担子上搁着乡下的土特产。有时他会带了小儿来看稀奇，手里牵着，走上街头。

那小人儿哪里见过这等热闹和繁华？脚步迈不动了，眼睛不够转了，隔着行人缝隙，指指店铺里那花花绿绿的糖人要买，指指冒着热气的肉包子要吃。乡下人节俭，也不富裕，哪能都满足了？被做父亲的呵斥着一路走去。也有耍杂耍的，沿街的铜锣敲得"当、当、当"，找一块空地，一圈的人，立马围了去。

这是当年的尘世喧闹，如春天的金盏花开，瓣瓣都是金黄的灿烂。历史翻转过一页，再一页，千年时光，也是悠悠过。我在一个冬日的黄昏，走进古镇，一个人。街上有另一番尘世的热闹，现世的。商店的音响里，放着流行歌曲——《遇见你是我的缘》。卖水果的摊儿，恨不得摆到街中央，橙黄的是桔和橘，青中带红的是苹果。我绕过那水果摊，去寻七里长街。问街上走着的一个人，知道七里长街吗？他纳闷地看着我，笑问，哪里有？

亦笑。真的呢，历史已走了这么久这么远，好多的痕迹，早已被风吹雨打去，哪里可寻？但到底还是留了痕迹。黛青的房，在小巷里；明清时的建筑呢，门板已风化成紫黑，门板上的铜锁扣，锈迹深重。轻抚，感觉手底下，有历史的风，猎猎吹过。我与谁的手印重叠了？谁又曾在这个门里，笑望月升日落？不可知了。抬头，那乌青的屋脊上，长一蓬狗尾巴草，在这个冬日的黄昏里，它们很深沉地沉默着，仿佛也是一段历史。

小巷静。有的房内还住着人。有的房内，已不住人了。房都是几进几出的，好内容全在深深处，一家老小的饮食起居都在里头。有花草长得茂盛。庭院深深深几许。天色渐暗，老房子里的光线，便彻底地暗下来。探头过去，需要静等几分钟，方能隐约看见屋内的人和物什。有剃头师傅，还使着老式的剃须刀，不紧不慢地在给一个顾客剃头发。剃头师傅很老了，顾客亦很老了，他们的身影，隐在一段幽暗里，是一段旧时光。没有什么声音可以打扰他们，他们在旧时光里，安详。

再有一间房，房内摆满布鞋，一个老人，正抽拉着鞋线——他在做布鞋。我想起那些年月，母亲坐在煤油灯下纳鞋底，白棉线抽得"哧、哧、哧"的，冬天的深夜，因此有了温度。沿着黄石板铺成的街道，慢慢走，我想，这上面，不知走过多少双布鞋呢，不知走过多少母亲的牵挂和疼爱。富商也好，盐民也罢，总有一个母亲，在为他祈愿，岁岁平安。这样一想，再古老的历史，不过是母亲的历史。

真的就见到一个母亲，很老的母亲了，百岁老人呢。七十多岁的儿子，守着她，在老房子里过。我进去，老人拄着拐，站门边，笑吟吟看我。她的儿子是她最好的讲解员，讲她这么大年纪，还穿针走线，吃饭穿衣，都是自己打理。还说一事，说她自从嫁过来，一直义务清扫周围的街道，前两年还清扫呢。儿子说时，做母亲的一直侧耳倾听着，很放心很满意的样子。上帝厚待仁厚之人，这个老人，就是最好的见证。我转头，看到几盆植物，在小院子里，绿得欣欣向荣。

保存完好的鲍氏大楼是必去看一看的。建于清代的鲍氏大楼，一律的徽式建筑。这里曾经车如流水马如龙，是占地三千多平方米的钱庄，房屋一直延伸到串场河边。每间房的设计都独具匠心，连支撑柱子的石础，也马虎不得，上面精雕细琢着一些动物，或花卉。鲍家有后人，守着一间房。是个很精神的老阿婆，围着家常的围裙在做家务。见到有人来，笑着搭话，伸手一指案桌上一个相框，里面一男子风度翩翩。那是我男人，她说。

我笑。无端地想起一首词来：雕栏玉砌应犹在，只是朱颜改。出门来，院子里静。照墙站成喑哑的暮色风景，下面爬满岁月暗生的绿苔，不见了曾经的车水马龙。有人在照墙上探了头看我，忽又隐到后面去了。四周真静啊。

沿着麻石板铺成的小甬道，一路西行，搭眼望去，就是串场河了。当年河水涟涟，波光桨影，现而今，河已塌陷，水也很浅了。这个季节，荒草和芦苇，都顶着一身的枯黄，让人心里顿起凄凉之感。无论岁月曾经如何繁华，谁能拽住岁月的衣襟呢？我们能做的，一是怀念，二是珍惜。

还有汪氏建筑群，还有吴氏家祠，还有万氏古宅、郝氏古宅，还有朱家大院、曹家大院，还有钱维翔故居、袁承业故居……

九坝十三巷七十二个半寺庙，到底是怎样的鼎盛？

那里，盐民哲学家王艮在漫步，平民诗人吴嘉纪在徜徉。

风从南边吹过来，又从北边吹过去。扬州八怪之一的郑板桥，对着秋风吟出"一庭春雨瓢儿菜，满架秋风扁豆花"，现世安稳的模样。只是他住过的大悲庵呢？不见了。那里长一棵苦楝树，有鸟从光秃的枝头飞过，一路高叫着飞到别处去了。

人类的承接，原是错综纠缠的脉络，树根似的，盘结而下，与坚实的大地紧紧相连。当我们触摸到那个源头时，我们懂得了，历史的另一个名字，叫厚重。我们唯有尊重和敬畏。

佛不语

佛不语，它坐在高高的山巅之上，一日一日，守望着红尘万丈。

去威海，是要去赤山看看佛的。

它原是住在赤山红门洞里的山神，被称作赤山明神。赤山因它成为东方神山，名扬天下。传说其法力无边，福佑大千，功德无量。在日本、韩国也备受推崇，那儿的许多寺院里，至今仍供奉着它。佛不分国界，佛光普照。

赤山山势起伏，壁立千仞。旁有大海缠绵悱恻，海水湛蓝。阳光下，海水闪着绸缎似的光泽。佛坐在高高的山巅之上，坐南朝北，面向大海，目光平和，稳重厚笃。它的左手随意搭放着，右手臂提起在胸前，手掌向下。如慈母在照看孩子。哪里的佛，都是这样的，身上罩着母性的光芒。世上母亲，原都是佛。

我们一路行去，阳光透明，反倒蒸腾起一片雾霭，如轻纱缥缈。赤山便笼在这样的轻纱里，梵宇僧楼，婉约其间。不时相遇到绿树红花，人一样的顾盼生姿。你停下，与一棵树，或是一朵花对视久了，不由得笑了。到底是神山啊，那树那花，仿佛就要开口说话。

大佛高达 58.8 米。人站在下面，小如蚂蚁。我们这群"蚂蚁"仰望着慈眉善目的大佛，心像被什么点化了似的，一时安静无语。对佛，你可以不信，但不可不敬，这也是对他人信仰的尊重。

年轻的导游小姐考我们，你们知道佛的右手掌为什么向下吗？大家说出的答案五花八门。最有趣的一个答案是，佛要伸手拿东西吃。这是烟火凡尘里的佛。大家都笑起来。

真正的答案却是，海上多风浪，佛掌向下，是为了抚平海上风浪，让出海的渔民和过往的商贾船只能安全上岸。所以，当地人逢年过节，或是出海远航，都要到佛前拜一拜的，求健康求平安。

同行中一大男人突然问，灵吗？导游小姐回眸一笑，说，当然灵，只要你心诚。

男人立即面对佛像，双手合掌，目光低垂，如此长达五分钟之久。等他拜佛完毕，大家取笑他，你也信这个？他笑了笑，没说什么。后来才听他说起，他的妻子生病不断，他拜，求的是心安。同行中一女孩，一路上，很少说话，心中似有悲痛无法化解。当我们踏上 108 级台阶，抵达佛殿，看到她正低眉敛目，跪伏在佛前。我们没有打扰她，默默绕开去，在殿外等。

许久之后，她出来，脸上现出笑容，人也变得活泼起来，主动跟我们提出，要和我们合影留念。她心中的结，一定对佛讲了。佛不会背叛，不会泄密，佛是最好的听众。

我们下山去，相遇到另外几拨人上山，他们亦是来看佛的。佛不语，它坐在高高的山巅之上，一日一日，守望着红尘万丈。你来，或者不来，它就在那里。大爱无言，大音希声，这是佛的力量。

千 灯

天下本一家，我只愿这世道，不要再有烽火残杀，永永远远地太平下去。

到江南，若逢着下雨，是最好不过的了。

江南的景致，宜雨中赏，尤其那些年代久远的古镇。

去昆山的千灯，就赶了这样的巧。一路上，雨欲下不下，天空的一张脸，憋得青紫。到了千灯，那雨，终于一滴一滴迸了出来，很快的，织成一幅一幅的雨帘，轻飘慢拂。

烟雨中的千灯，淡墨晕染，边角泛白，建筑的走笔隐隐约约，犹如梦境。人走进去，便是走进一幅古画中了。

入口相迎的，是千灯极具特色的一拱一梁组合的双桥，一曰恒升桥，一曰方泾桥。这样的桥，在千灯，还留存有五六座，都是明清时候的老建筑了。它们安静地，俯卧于一条南北贯穿的河流——千灯浦之上。千灯古街，就是以这条浦为主要经脉的。粉墙黛瓦，也多半倚着这条浦顺序排开，高低错落，倒影绰绰，古韵盎然。

外来的游人，对这些古桥古建筑，都不甚稀罕了，江南随便一座古镇，这些元素都少不了的。他们急急去寻的，是那千盏灯笼齐放的壮观。千灯么，顾名思义，该是火树银花的。

千灯人听到，乐不可支。这是他们的小浪漫小伎俩，骗了不少人的。——千灯，原名千墩，不过一土墩而已。据汉书《吴越春秋》和宋《玉峰记》中所记载，吴地有三江，其吴淞江畔有土墩999个，到千灯这里，刚好是第1000个，故称"千墩"。

"土墩"里，却孕育出低吟浅唱的清雅和婉约来。丝竹悠远，那个生于元末明初叫顾坚的男子，宽袖大袍，迎风昂立，他的歌喉甫一展开，就醉了江南烟雨。这南曲之奥，被后人称作最早的"昆曲"。六百多年后，人们把一顶"昆曲鼻祖"的帽子送给他。

到这时，他该是欣慰的吧。半世坎坷，双目失明，沦为算命先生。好在有曲有赋相伴，人生的凄风苦雨，总算得到一些温度和安慰。他所著《风月散人乐府》《陶真野集》曾行于世，被世人喜爱，后散佚。然经他演绎的"昆山腔"，终重见天日，再多的历史风尘，也难掩它的清丽婉转。

千灯的老街不大，也就一河一街、一庙一塔。河不必细说了，就是千灯浦。街是石板街，亦是明清时的。一块块石板保存完好，全长约莫三里多，一只蜈蚣似的趴着，描摹出老街特有的韵味和古朴。

庙是延福禅寺，有着一千五百多年历史了。曾经规模宏伟、香火鼎盛，单单禅房就有 1008 间，僧人八百名，清朝时毁于战火。现在见到的延福禅寺，是修复重建的。塔叫秦峰塔，是延福禅寺最重要的一部分。塔高 38.7 米，亭亭玉立，仪态万千，故又被称作"美人塔"。风动，塔檐下的铜铃，齐齐鸣响，浸润着雨的空灵。悠悠千年，在这叮叮当当的鸣响声中，也便过来了。

还是去走走石板街吧。因是寻常日，街上不见游人几个。两侧的店铺，都显得很安静，青团子和芡实糕，兀自冒着热气。有古井清冽，细雨飘得稠稠密密。一抬头，不知不觉，竟走到顾炎武先生的纪念馆了。这个热血的人，当年一句"天下兴亡，匹夫有责"，惊醒了多少沉睡的灵魂。天下本一家，我只愿这世道，不要再有烽火残杀，永永远远地太平下去。

出得先生的纪念馆的门来，我撑着伞，正对着石板街发呆。一女孩突然走到我身边，掏出记者证，言说是某报记者，在做一个有关江南古镇的专题采访。她问我，你觉得千灯古镇与别的江南古镇可有什么不同？

我的眼光，落在石板街旁的黛瓦房上。一字排开的瓦当，上面有隐约花纹。可是风穿牡丹？瓦当下，一千灯人在冒着热气的青团子后面，闲闲散散地看着我们。我笑了，转身对那个女孩说，你听，这雨打瓦当。

相遇冰峪沟

且化作那湖中一滴水，且化作那山上一抹红，且化作那山峰上的一朵云……怎样，都是好的。

冰峪沟位于大连庄河北部山区，内有众多沟谷，群山一蓬一蓬，散落其间，玲珑秀美。英纳河、小峡河两条河流，穿梭其中，如玉带飘拂。山枕着水，水绕着山，形影相随，不离不弃，勾画出一幅幅妙不可言的天然画卷。人称"辽南小桂林"。

我去时不是节假日，游人不多，山谷，静。水流声，风吹声，鸟鸣声，游人的轻语声，便格外分明。谷里树木繁茂，多古树，树们沿谷底一路攀升。野花遍地。开得最为热烈的，当数小野菊了。星星点点，红红白白，有趴在裸露的岩石上的，有夹杂在荒芜的草丛里的。石因它们变得秀美，草因它们变得多情。同行中有女子，忍不住俯身去采那些花，很快手里便有了一捧。花开在她胸前，她的人，明媚得沾了仙气。男同胞们见状，纷纷加入进去，在草丛里摘花。"这朵好！""那朵也好！"——他们开心地叫。

不时有小松鼠从林子里跑出来，小尾巴翘得高高的。看见游人，不惧怕，而是好奇地张望一通，复又遁入林子里。

我看天。天在山峰上，与山峰嬉戏。不遥远，仿佛只要我登上山顶，便可以抚摸到。我看山，山把眼睛塞得满满的，色彩斑驳。

湖水汤汤，倒映着两岸山峦，山在水里走，水在山中行。人最是有福的了，既在水里走，又在山中行。左岸的山，笔直向上，裸露的岩石，有着赭红或赭黄的皮肤，斑斓如油画。右岸的山，披了一身红叶做的衣裳，活泼俏丽，华美风情。往后看，是山。往前看，还是山。峭壁秀绝，鬼斧神工。时有一抹艳红跳入眼睛，是野杜鹃吧？是波斯菊吧？山峰无一例外的，都是青得泛黛的。彼时，只觉得身体轻盈，风一样的，飘上去，飘上去。好，且化作那湖中一滴水，且化作那山上一抹红，且化作那山峰上的一朵云……怎样，都是好的。只求与这大自然，融为一体。

著名的仙人洞，位于龙华山天台峰的悬崖下。通往仙人洞的路叫"梯子岭"。从远处看，"梯子岭"曲曲弯弯，游蛇一般蜿蜒而上。到底有多少级呢？有说八百的，有说六百的。当地人的歌谣唱得极有意思："上山八百八，进庙就能发。下山六百六，进庙就长寿。"

有洞必有传说。传说曾有一位叫宏真的高僧，在这里修炼成仙。洞府很大，洞中有洞，里面建有庙宇，始建于明朝。庙中供奉的分别是释迦牟尼佛、宝幢佛、弥勒尊佛，两侧为十八罗汉。右侧，是一幢木结构的二层楼，为"玉皇阁"和"三官殿"，供的是道家尊奉的神仙。在这里，道僧合一，门派不同，却又是殊途同归的，那就是：积德从善。红尘万丈，人心所向，莫不如此。

　　一道士从庙里走出，玄衣玄鞋，长发及肩，很有点仙风道骨的味道。问他，"从这里可以攀到山顶吗？"他笑而不答，走到悬崖边，靠近栏杆向下望。我们亦跟过去，向下望。数座山峰，尽收眼底，远远近近，美不胜收。原来，我们已临近山顶而不自知。

跟着一棵草走

我见到草的另一番模样，洗尽铅华，慈祥亲厚。

八月下旬去呼伦贝尔，已算不上好时节了。这个时候，大草原的风开始寒了，水开始瘦了，草场被收割了，花们也都凋谢得差不多了。对草原来说，水肥草美的好日子，似乎已翻过一页去。

但我还是决定前往。

到达海拉尔时，上午九点。天下着小雨。冷。很秋深的样子。接站的司机小张说，再过个十天半月，我们这里都该下雪了。一下雪，就得封路了。

打个寒战。把行李箱里为数不多的厚衣裳，全都翻了出来，披挂在身，还是冷得慌。不管了，咱走吧，去草原吧，我要看草去。

我们的车子，像尾鱼似的，很快滑进了草原的草波浪之中。

来这儿之前，有句歌词在我脑中反复回荡："天边有一个辽阔的大草原。"唱的就是呼伦贝尔。在我，天真地以为，再辽阔的草原，也不过是多一些草地罢了。等我真的置身其中，我才知它的辽阔，远不是几顶蒙古包、几片草地、几群牛羊。一个数字足以说明，它的总面积竟达到一亿四千九百万亩。境内山峦起伏，河流纵横，湖泊星罗棋布，被人称为"北国碧玉"。

雨，不知何时已停。或许是被风吹走了。是被云吹走了。是被草吹走了。草？是的，这里是草的天下，草的王国。碱草、针茅、苜蓿……一百二十多种牧草，在这里相融共生。它们排列有序，或无序，紧密地团结着，一路向前，开天辟地，纵横千里。间或有紫的花黄的花，跳跃其间。我们看了这棵看那棵，看得眼睛疲倦。揉揉，再看。这个时候，好词好句已不顶用，只能重复地说："好美啊。"司机小张的眼睛却不看草地，他以为没看头了，他说："七月里来，那才叫漂亮呢，草长得好高，比人还高，牛羊都没在里头。花多不胜数，到处都开着大朵的红花白花的。"我听了笑笑，并不遗憾，我见到草的另一番模样，洗尽铅华，慈祥亲厚。

收割好的草们，被卷成了一个一个的草卷，匍匐在草地上。等完全晾干了，牧人们会把它们拖回家去。漫长的冬天，它们将把碧绿的梦，一口一口，喂进马牛羊的胃中。现在，远远望过去，它们更像一头一头的奶牛，和一只一只的肥羊，蹲在那儿。天空阔大无边。生命阔大无边。人呢？人成了误入草原的

人类的承接，原是错综纠缠的脉络，树根似的，
盘结而下，与坚实的大地紧紧相连。

很多时候，我们为了外界的一点点诱惑，
而丢失掉一颗骄傲的心。

一只蚂蚁，那么渺小。

我们的车子，跟着一棵草走，从上午，走到下午，再走到黄昏。一棵草还在前面引路，它要走到哪里去呢？山坡柔软。湖泊明亮。它是要走到天上去吧？草和天相接的地方，草就是云，云就是草。

天上的"草"，被风吹动得跑起来，一棵草跑向另一棵草。密集茂盛。在它们之间，偶尔现出一眼的蓝天来，如一眼的湖，蓝得纯粹、醇厚。天空和大地，是分不清了，天也是地，地也是天，这才叫天地一体，洪荒混沌呢。

遇到不少的羊群、牛群、马群。也不见牧人。不顾冷风吹，我下车去，追着一群羊跑，想跟它们亲近一下。羊大概不喜陌生人，一见到我们，拼命跑。牛倒是安静得很，远远瞅着我们，比草原还沉默。

我踩着草，想把自己走成呼伦贝尔大草原的一棵草。草在我的脚下，起伏。却不是温柔的，而是尖锐的长着牙齿的，蚊虫肆虐。怨不得到过这里的人都说，进草原，一定要带上清凉油和红花油，草原上的草会咬人呢，蚊虫也多。我却不以为意，结果什么也没带。我在草地上走了不过十来米远，脚脖子已被草割得生疼，蚊虫在我裸露的皮肤上，留下不少的明目张胆的记号。

原来，做一个牧人，远不是挥挥马鞭子那么轻松美好。

遇到一个牧人，年轻的。他脚蹬马靴，头戴头盔，身穿棉大衣，全副武装，正吆喝着一群马，把它们赶到另外一块草地去。我拦住他说话，我说这儿不是有草可吃么，为什么要赶它们走？他看我一眼，说："不能都啃光了，要留着一些，来年才会长得好。"马群停在另一块草地上，并不吃草，而是以相同的姿势，雕塑一样站立在寒风中，一动不动。问他："马为什么这样？"他答："马冷。"他掏出手机玩。草原上没有信号，上不了网，这不要紧，他可以玩玩游戏。他说冬天没事干，就在家喂喂马。他说再过两年，他也不喂马了，他要去城里，他哥他姐都到城里去了。

我想要去一家真正的蒙古包，喝一碗真正的奶茶，却未能如愿。蒙古包自然是有的，撑着洁白的毡房，跟一朵一朵的大蘑菇似的，开在草原上。但那都是为接待游客而搭建的，跟戏服似的，是表演。游客们在那里吃吃饭、骑骑马，纯粹的玩耍。从前的游牧民族，都不住蒙古包了，他们有了固定的住所，砖墙砖瓦地砌了房。他们的后代，能进城的，也都进城了，跑去海拉尔，或是额尔古纳，在那里买房。游牧生活对于年轻人而言，早已渐行渐远，成为古话。

我听到寂寞，"轰"的一声，在草原的骨头里弹响。

一路向北

很多时候，我们为了外界的一点点诱惑，而丢失掉一颗骄傲的心。

冬阳。芦苇荡。丹顶鹤。柔软的黄，纯净的白，构成的图画让我心动。这是今冬翻报时我看到的一幅新闻照片。

也便寻去了。大风的天，寒冷无孔不入，但还是执意要去。不认识路，只知道鹤在北边，在一个叫射阳的地方，离我居住的城市有二三百里。于是一路向北，一路向北。

报上说，今年来此度冬的鹤，多达千只。一路上，想象成繁花盛开，千只鹤，齐齐划过天际时，该是怎样的一种壮观？

对鹤，不陌生。小时候的印象中，就储存了鹤的。那是家里土墙上的一幅画，画里面，青山绿水，云雾缭绕，一群鹤在云雾里翩翩飞舞，如仙子。祖父爱张贴这样的画，每年年底，他都要郑重其事地去逛集市，有两样东西他必买，一是老皇历本，二是《仙鹤图》。他用新的，换了墙上旧的。鹤便年复一年的，在我家的土墙上舞蹈。鲜亮着，生动着。让小小的茅草房，充满祥和和安宁。

滩涂上，一丛丛芦苇在风里摇曳，像伸长的手臂，在召唤，在等待。阳光点点筛落，四顾苍茫，辽辽阔阔，有出世的萧索。想起《诗经》里的句子：鹤鸣于九皋，声闻于野。侧耳听，却听不到鹤鸣。同行的人笑，"鹤不是一般的鸟呢，哪能轻易让你听到它叫？"

笑着往芦苇深深处寻去，希望能寻到它们的影子，哪怕一只也好。不时有白色的水鸟从芦苇荡深处飞出来，欢快地飞上天空，很美，我以为那是白鹭。也有一些灰色的鸟，咕咕叫着，在低空飞旋。我说不上它们的名字。

只是不见鹤。

一个来此看过鹤的朋友告诉我，大白天是很难看到鹤的，它们一般都警觉得很，都把自己藏得深深的，藏在远离人烟的地方。

他说起那次看鹤的经历。他陪上海来的两个朋友，当晚进驻滩涂，睡在滩涂上养鱼人的窝棚子里，冷得要命。但为了看鹤，忍着。半夜三点，他们爬起来，守在窝棚留有的洞隙处，向外张望，不敢弄出一点点响动。就那样，虔诚地等待日出，等待鹤的出现。

"差点没被冻死啊。"他笑。

我问："最后看到鹤了没？"

他说："看到了啊。"

我又问："很美？"

他回："是啊，很美。"

叹一口气，是放下心来的满足。鹤们真的像修炼得道的高人呢，仙风道骨，远离尘嚣。费尽周折，也只能远远一观。美好原在距离外，鹤懂。它们清静出尘，方留住了它们永远的神秘和美。

半路折回，在滩涂边的养鹤场，看到了人工驯养的鹤。纤细的长足，洁白的羽毛，墨黑的翅翼，配上一块鲜艳夺目的红色肉冠，使它们看上去气度不凡。琥珀色的眼睛里，漾起一片宁静的湖水——温柔、善良、从容，还有，说不出的宽容与博大。

对它们招招手，它们信步而行，不疾不徐，是回应么？儿子最兴奋，喂它们面包吃。回来的路上，儿子说："鹤很骄傲。"我问为什么这么说。儿子回答说："它们老是站得高高的看我们。"

是了是了，这才是鹤，纵使被圈养了，那优雅也不肯丢。这让我们人类很惭愧，很多时候，我们为了外界的一点点诱惑，而丢失掉一颗骄傲的心。

第四辑
天上有云姓白

天上每天都有白云飘过，
不知有没有一朵云上有他。

远方的远

路边，开着一朵一朵小花，花瓣儿像极微笑的眼睛，一路笑向天边去了。

男人患了肝癌，晚期。行将就木。

守在一边的小女儿，六岁，对死亡懵懵懂懂。她害怕地问男人，"爸爸，你要死了吗？"

男人伸手抚了抚小女儿的脸，笑着摇摇头，"不，爸爸是要到很远很远的地方去。"

"很远很远的地方在哪儿？"小女儿问。

男人于是让朋友把他和小女儿带到野外，那里，有一片原野，和低矮的山坡。春天了，草长莺飞，阳光的羽毛，轻轻飘落。一条长满小草和开满野花的小路，弯弯曲曲，伸向远方。一群又一群的小粉蝶，在花草间嬉戏。远方，天与山齐。男人指着远方告诉小女儿，"那里，是远方的远，爸爸要到那儿去。

爸爸的爸爸，也就是你爷爷，一个人在那儿寂寞了，想爸爸了，所以，爸爸决定去看他。等你长大了，爸爸想你了，你也会走这么远，去看爸爸的。"

"那我就坐飞机去。"小女儿说。想了想，她又说，"要不，我坐飞船去。飞船快吧爸爸？"

男人笑了，男人说："飞船很快很快。可是宝宝，你坐上飞船，你就看不到这些漂亮的小花了。还是慢慢走过去好，你一边走，还可以一边和蝴蝶们玩呀。"

小女儿觉得这个主意不错，她甚至想好，要做个大花环带给爸爸。"只是，你会认出我吗？"小女儿不放心地问。

男人说："到那时，我就问路过的风儿，你们见过我的小女儿吗？我就问路边的小花，你们见过我的小女儿吗？它们会问我，你小女儿长什么样儿呀。我就说，哦，我小女儿有大大的眼睛、小小的嘴，长得像个小公主。她戴着一个美丽的花环，她总是甜甜地笑着，笑起来可漂亮啦。于是风儿和小花都会争着告诉我，呀，我们见过的呀。它们会把我带到你身边，一指你，说，就是她呀。我就认出是你了。"

小女儿开心地笑了。

男人接着说："所以，爸爸走后，宝宝要快乐哦，要笑。不然，那些风儿，那些花儿，会不认得你。"

小女儿点头答应了，很认真地和男人勾了勾小指头。

不久，男人走了。小女儿很思念他，她在纸上画了一幅画：

128

无边的原野，低矮的山坡，弯弯的小路。路边，开着一朵一朵小花，花瓣儿像极微笑的眼睛，一路笑向天边去了。小女儿不悲伤，她知道，那里，就是远方的远，是爸爸在的地方。有一天，他们会在那里相聚，到那时，她一定要告诉爸爸，她一直一直过得很快乐。

如果可以这样爱你

如果可以这样爱你，妈妈，让我做一回母亲，你做女儿，让我的付出天经地义，而你，可以坦然地接受。

母亲坐在黄昏的阳台上，在给我折叠晾干的衣裳。她是来我这里看病的，看手。她那双操劳一生的手，因患类风湿性关节炎，现已严重变形。

自从来城里，母亲一直表现得惶恐不安，她觉得她给我添麻烦了。那日，母亲帮我收拾房间，无意中碰翻一只水晶花瓶。我回家，母亲正守着一堆碎片独自垂泪，她自责地说："我老得不中用了，连帮你打扫一下房间的事都做不好。"我突然想起多年前，我还是个小女孩时，打碎家里唯一值钱的东西——一只暖水瓶，我并不知害怕，告诉母亲，是风吹倒的。母亲把我上上下下检查了一遍，看我伤了没有，而后揪着我的鼻子，说："还哄妈妈，哪里是风，是你这个小淘气。"我笑了，母亲也笑了。现在，我真的想让母亲这样告诉我，啊，是风吹倒的。尽管我一再安慰她没事的没事的，母亲还是为此自责了好些天。

看病时，母亲反复问医生的一句话是，她的手会不会废掉。医生严肃地说："说不准啊。"母亲就有些凄凄然，她望着她的那双手，喃喃语："怎么办呢？梅啊，妈妈的手废了，怕是以后不能再给你种瓜吃了。"我从小就喜欢吃地里长的瓜啊果的，母亲每年都会给我种许多。我无语。

带母亲上街，给母亲买这个，母亲摇摇头，说不要。给母亲买那个，母亲又摇摇头，说不要。母亲是怕我花钱。我硬是给她买了一套衣服，母亲宝贝似的捧着，感激地问："要很多钱吧？"我想起小时，我看中什么，总闹着母亲给我买，从不曾考虑过，母亲是否有钱，我要得那么心安理得。母亲现在却把我的给予，当作是恩赐。

街边一家商场在搞促销，搭了台子又唱又跳的，我站着看了会儿。一回头，不见了母亲。我慌了，大字不识一个的母亲，如果离开我，她将多么慌张！我不住地叫着"妈"，却见母亲站在不远处的一棵梧桐树下，正东张西望着。看见我，她一脸惭愧，说："妈眼神不好，怎么就找不到你了，你不会怪妈妈吧？"

突然泪涌眼眶。我上前牵了母亲的手，像多年前，她牵着我的手一样，我不会再松开母亲的手。大街如潮的人群里，我们只是一对很寻常的母女。

如果可以这样爱你，妈妈，让我做一回母亲，你做女儿，让我的付出天经地义，而你，可以坦然地接受。

小武的刺青

他虽然没跟我保证过什么，但我知道，那刺青，让他真的长大了。

我且叫他小武吧。

他其实不姓武。不过，他好像挺喜欢"武"这个字的。在他的桌子上刻着。在他的衣服上印着。在他的手腕上文着。

是的，他刺了青。

我的同事们提到他，都说，那个刺了青的家伙。

不要怪我的同事们气量小，用这种语气说一个学生。而的的确确是，他"伤"他们太深。大凡跟他打过交道的，无一不败下阵来。以至在高二分班时，同事们都事先跟学校提出申请，"刺了青的家伙"在的班，坚决不教！

说起来，他也没做过多大的坏事儿，但，就是他那一副桀骜不驯的样子，很让我的同事们抓狂。女同事罗做过他的班主任，罗一提到他，就浑身打战。这孩子，太不上道道了！
罗说。

他不止一次在课堂上惹得罗下不了台。罗找他谈话，他要
么呈 45 度角仰望天空，管你说什么，他就是一言不发。要么，
他会突然冒出一句半句，气得你半死。罗不过才四十来岁，就
被他一口一个老太太地叫着。老太太，您别动怒，动怒会伤肝
的，您知道吗？或者是，老太太，您本来就不好看，这一动
怒，脸上的皱纹就更多更深了。

男同事秦提起他，也是一头怒火。在秦的课上，他只有两
件事做，要么睡觉，要么捣蛋。秦实在看不下去了，当众批评
了他两句。他不紧不慢对秦说，老师，您也是响当当的本科毕
业生吧？您瞧您现在，一个月才拿了个两三千块，不够人家一
顿饭钱。您还好意思叫我们考什么大学，是想让我们都沦为您
这样的？

秦那天回到办公室，气得把教科书摔在办公桌上，叫嚷着，
不干了不干了，这讨饭的活再也不干了！可是，等上课铃声一
响，秦还是赶紧夹起教科书，上课去了。

小武的家庭背景，也让同事们头疼。他念小学时，他妈死
了，死于自杀。他爸是生意人，常年不在家，他是跟着奶奶长
大的。学校开家长会，他爸从来没有出席过。

同事们把小武当球似的，踢来踢去，最后，我的班，收下
了小武。

小武不知从哪里得了消息，他在楼梯拐角处，与我"偶遇"。他睥睨着我，问，听说我们将合作？

我淡定地看看他，我说，是啊，还请大侠多多关照啊。

他对我的回答，显然有些意外，咧嘴一乐。

我的眼光溜到他手腕上的那个"武"字，我说，这个字，还可以文得更好看些，应该文成草书的。我一本正经。

他狠狠愣在那里，完全不知我是啥意思。

最初的两堂课，小武还算安静，他除了偶尔故意趴在桌上睡睡觉外，没做出什么大动作。我也不去理他。他看我对他睡觉没什么反应，到底耐不住了，开始在课桌上敲出声响。不时来上一两下，当当，当当当。他敲的时候，我就停下来等他，全班学生也都转头看他。他挑衅道，看什么看！老子脸上有字啊？

全班学生就都看向我。我笑笑，好了，小武同学腕上有字，脸上是没字的，我们继续上课吧，老师刚才讲到什么地方来的？

学生们一齐大声回答，声音把他给淹没了。

小武在作业本子里写，你是我见过的最厉害的老师，佩服！

我回他，谢谢夸奖。你也不赖。

我知道，他会来找我的。

他果真来找我。我削了一只苹果给他，我说，这是山东大沙河产的苹果，特甜的。

你听说过大沙河吗？那儿曾经无风三尺沙的。不过，就是那沙质土壤，特别易于果树生长哎，结出的苹果又甜又多汁。

什么土壤会长出什么东西来的。这就好比我们人吧，各人都有各人的长处的。我装着漫不经心地说。

小武捧着苹果，傻傻地看着我，半天才说，老师，你真有意思。

隔日，晚归。等我走出办公楼，才看到，下雨了。我没带伞。小武不知从哪里冒出来了，他手里擎着把雨伞，他说，老师，我送送你。

我说，好啊。

他举着伞，站我身边，个头比我高很多。我抬头看看他，我说，哎，你都比老师高出这么多哎，我都要仰视你了。

他"扑哧"笑了。

一路上，他老老实实告诉我，老师，我就是不喜欢学习，听不进去。反正我爸说过，以后跟他去做生意。

我点头，表示理解。我说不喜欢学习就不学吧。但，坐在教室里，别人是一天，你也是一天，总得做点有意思的事，才对得起自己的一天是不？喜欢听的课，你就听一点，不喜欢听的课，你可以看点有意思的书。多读点书，你会成为一个不一样的生意人的，因为，你有一肚子的书撑着啊。那叫儒商哎。

小武再次"扑哧"笑了。

后来的小武，让同事们惊讶。他找从前的老师，一一打招呼，说以前都是他不懂事，多有得罪。这孩子，怎么跟换了一个人似的？同事们问我。

我也看到小武的变化了。他把刺了青的手腕处，用布条缠上。他虽然没跟我保证过什么，但我知道，那刺青，让他真的长大了。

母　亲

　　夕照铺天，劳作一生的母亲，亦如那摇摇欲坠的夕阳，伴着我的父亲，守在那个叫勤丰的小村庄。

　　母亲出身贫寒农家，兄妹五个，母亲排行老二。少时没少吃过苦，五六岁就扛着小锄头下地，帮大人干活。青黄不接的日子，她啃过树皮，食过草根。七八岁的时候，大病一场，无钱医治，躺在床上好几个月，差点丢了小小性命。母亲忆起过去，却平和得很。她天性里有认命的成分，既然老天爷这么安排了，自有老天爷的道理，做牛也好，做马也罢，受着吧。

　　母亲嫁给父亲，是从一个贫寒跳进另一个贫寒里。父亲是家里长子，下面还有三个弟弟、三个妹妹。母亲嫁过来那年，父亲最小的弟弟才四岁，成日粘在母亲身后，吵着要吃的。父亲最小的妹妹，那时尚在襁褓中。

　　父亲长年跟着工程队外出，一大家子的吃喝拉撒，落在母亲肩上。母亲没别的法子，只有拼命干活。那时按劳力记工分，母亲挣的工分，总是全队最高的。而工分的多少，直接关系到口粮的多少。我小时的印象里，母亲走路像风。她风一样地奔来奔去，肩上扛着农具，肘弯里挎着草篮。母亲吃饭也像风，捧起碗来呼呼呼，几碗稀饭迅速下肚，她抹一抹嘴，转身又去了地里。

祖母和母亲的关系却不好，一个屋檐下住着，剑拔弩张的，两个人能一隔好多天不搭话，见面跟仇人似的。祖母是好人，母亲是好人，但好人与好人在一起，未必就能合得来。祖母长相俊美，出身大家，早年读过私塾，骨子里留着大家的优雅。她不事农活，女红却好得不得了，她给我们兄妹几个裁剪衣裳，一针一线缝上，穿出去别人都要围观。她还喜绣花，她在衣襟上绣，在枕头上绣，在鞋头上绣，坐在低矮的茅屋檐下。低矮的茅屋檐，因有祖母在，而变得闪闪发光。她还擅长做美食，让人吃厌的南瓜和山芋，她能变出花样做出南瓜饼和山芋羹。这样的祖母，赢得我们孩子的喜欢。

母亲不同，母亲瘦、黑，皮肤粗糙。祖母在背后说，你妈身上的皮，黑得掉碳里也摸不到。那时听着，竟非常认同，一句反驳的话也没有。现在想想，母亲整天被风吹被日晒的，皮肤怎能不粗糙？不懂事的我，竟嫌弃过她的"丑"。我三姑好看，我希望三姑做我的母亲。那时我念小学了，下大雨的天，母亲夹了伞，去接我。我看见黝黑的母亲，赶紧往人群里躲，不让母亲瞧见。我希望送伞来的是三姑，那么光滑圆润的一个人，多么让我的同学羡慕。我甚至问过三姑，你为什么不做我的妈妈呢？年少的虚荣，到底伤了母亲没有，我不知道。成年后，一次跟母亲在一起，我想起这事来，心被揪痛。我转身抱住母亲，母亲受惊了，她显得手足无措，不住地问我，怎么了？哪里不舒服？我轻轻说，妈，没事，我只想抱抱你。母亲局促地笑，一动也不敢动，任由我抱着。

母亲极少做饭做菜，家里的烧煮，都是祖母。母亲的天地不在锅台上，而在地里面。一年三百六十五天，除了大年初一，她几乎天天伏在地里面。风霜雪雨把母亲历练得坚硬无比，母亲难得有柔软的时候。她脾气暴躁，哪里不顺眼了，立时谩骂起来。祖母私下嘀咕，你妈做十件好事，被她一骂，都一笔勾销了。母亲对我们的管束，往往是暴打。我们兄妹几个没少挨过她的打骂。那时，我们心里怨怨的，对母亲又恨又怕。我们吃着祖母做的饭菜，心是向着祖母的。一旦母亲跟祖母闹矛盾了，我们齐齐站出来，反对母亲，说母亲不好。母亲抹着泪骂我们是叛徒。我们并不因此难过，反而有种得意，让母亲伤心的得意。想想那时我们多么残忍。现在，母亲统统把这些都忘了，她时时幸福地跟人讲，她生了几个好儿女。

母亲的针线活也粗糙，她为我们的衣裳打的补丁，总要受到祖母的揶揄，看看，你妈做的针脚这么大，像趴着几条蚯蚓了。我们也有了爱美的心，拒绝再穿那样的补丁衣裳。往往招来母亲的痛打，最后是不得不屈服了，心里对母亲的恨意，便又加深一层。冬天的深夜，煤油灯昏黄的影子里，母亲的影子在晃悠，母亲在纳鞋底。全家十来口人的鞋，都是母亲做。她一下一下，哧溜哧溜地抽着鞋线，让人看着又单调又疲惫。我们很快睡去，也不知母亲什么时候睡的，没人去关心这个问题。第二天，母亲照旧风一样地奔到地里去。

我们兄妹几个并不让母亲省心。姐姐在六岁时，贪玩，爬到集体煮猪食的大锅里，被滚水严重烫伤。母亲为这，不知哭掉多少眼泪。弟弟五岁时，因生病送去医务室打针，谁知那赤脚医生的打针水平不高，一针下去，弟弟便站不起来了。母亲哭得断肠。所幸后来弟弟的腿医好了。我亦是大病几场，出天花时，昏迷七天七夜。母亲衣不解带守在一边，我病好了，母亲却倒下去昏睡了两天。现在想想，桩桩件件，都浸透着母亲厚重黏稠的爱啊。当时却惘然，不知一颗做母亲的心，为我们碎了又碎。

母亲不识字，对识字的人怀着崇敬。当年，贫农身份的她，义无反顾嫁给我的地主父亲，原因就是我父亲识文断字。母亲在让我们读书的问题上，从来立场坚定，不管家里多么困难，一定要让我们把书念下去。农忙时节，星期天在家，我们怕去地里帮忙，就伪装成看书，捧本厚厚的小说看。那厚厚的书，让母亲敬畏，母亲看一眼，自去地里忙活。邻居们奇怪，怎不叫你的孩子们来？母亲笑笑说，他们在看书呢。全村人家，纵容着那么大的孩子在家看闲书的，怕只有我母亲了。

我念高中的时候，因病荒废半年学业在家。无事在村子里晃悠，村里一妇人见到我，上下打量我一番，相当不解地对我母亲说，你家二丫头这么大了，还让她念什么书啊。她家有儿子与我同龄，早早退学在家学了木匠。母亲没好气地回她，我高兴让她念到什么时候就念到什么时候，念到老我也养着她。妇人讨了个没趣，好长时间看见我母亲都不说话。我今天能识得这么多字，还能写文章出书，都拜我母亲所赐。

祖母到得晚年，母亲也渐渐衰老，斗争了一辈子的两个女人，达成和解。她们互相关心互相牵挂，我给母亲买了好吃的，母亲会问一句，给你奶奶买了没有？我给祖母做件衣裳，祖母会叮嘱，给你妈做件吧，她苦了一辈子。祖母八十二岁上患了癌，是母亲送去医院开了刀，侍奉在左右，使祖母在病后又得以活了六个年头。那期间，母亲学会做菜，换着花样给祖母烧好吃的。母亲说，谁都有老的时候啊。母亲的心，到底是柔软的。祖母在临终前，由衷地感激母亲，对我们说，要好好孝顺你妈。只这一句，让一边听着的母亲，泪水长流。

母亲爱过美吧？这事，从前我从未想过，母亲一年四季都穿灰灰的衣裳。等我们长大了，她又捡起我们不穿的穿。我搬家，要扔掉一批不穿的衣，母亲拦下了，统统打包回家。一天，我回去，看到母亲上身穿着我的大红外套，下身穿我一条牛仔裤，这样混搭着，浑然不觉尴尬，还兀自兴高采烈地对我说，都是好好的衣裳，一点都不破。我懒得去纠正她，想着，既然她高兴这么穿，就让她穿好了。然而，有一天，母亲支支吾吾半天，提出要我买条裙子给她。我一惊，细细回想，作为女人的母亲，一辈子竟从未穿过裙子。

我给母亲买回一条靛蓝的裙子。母亲看着裙子的眼神，像初恋女子看着情人的眼神。但那条裙子却从未见母亲穿过。问母亲，怎么不穿呢？母亲说，邻居看见了会笑话的，哪有干活穿裙子的。见我现出不高兴的样子，母亲赶紧说，我晚上穿的，在房间里穿。我鼻子一酸，差点泪落。灯光灿灿，一个人的房间里，母亲穿上向往了一生的裙子，独自华丽。

母亲也爱手镯。那种玉的，淡绿的。母亲跟我逛商场时看到，眼睛盯着，半天没动弹。改天，我买一只玉镯，想给母亲一个惊喜。母亲伸手轻轻抚，说不出的欢喜。可惜母亲的手，因长期艰辛劳作，变形得厉害，骨骼突出，那种手镯，怎么套也套不进去。母亲却还是很欢喜，她说，我也有玉镯了。

母亲名字叫卢惠芬，一个极普通又极贤惠的名字。像极母亲的人。还是我父亲总结得好，父亲说，你妈是我们家的功臣。我们兄妹几个，无一人不认同。夕照铺天，劳作一生的母亲，亦如那摇摇欲坠的夕阳，伴着我的父亲，守在那个叫勤丰的小村庄。我只愿天地长久，母亲长久。

传 奇

　　我不知道我为什么要跑，似乎那颗快乐与骄傲的心，唯有奔跑，才能盛放。

　　我的整个少年时代，都被一个叫卜子的堂哥激励着。那个时候，村庄闭塞得有些孤寂，土地清瘦，四季的风，空落落地吹着，可因为有那个堂哥卜子在，一切便都明丽起来。父亲和母亲，抱着这样的念想，有朝一日，他们的孩子，也会成为卜子一样的人。那是黑里头的亮，再清寒苦贫的日子，也有了奔头。

　　闲暇时，父亲总要给我们讲讲卜子。他深吸一口水烟，目光迷离地朝着南方，那是卜子所在的方向。他说，卜子啊。我们就聚精会神起来。在一边纳鞋底的母亲，也竖起耳朵，手上的动作明显放慢了。门外，槐树上小雀们的叫声，也似乎放轻了许多。

父亲爱讲卜子小时候的糗事。这让我们有种错觉，卜子是与父亲无比亲近的。有了这层亲密关系，陌生且遥远的卜子，便跟我们也亲近起来，他是我们的荣耀和骄傲。有一件事父亲讲过不下二十遍，说卜子五六岁时，到舅舅家做客，大人们不拿小孩当回事，不让他上座席，让他蹲灶角边吃。他竟掉头就走，回去发狠说，再不去这个舅舅家了。后来，果真有好多年都不肯去舅舅家，舅舅再怎么哄也不肯去。那么小的人，就那么有骨气，父亲赞许地点点头。母亲在一旁开口了，要不是那么有骨气，他哪里会过上现在的好日子。

　　堂哥卜子的好日子，被众多亲戚津津乐道着，在我们贫瘠的想象里，是锦绣无端的。怎么说呢，就像土布与绸缎的区别。就像清汤寡水与美味佳肴的区别。堂哥卜子早已成为我们这个家族的传奇。原先也是一普通农家青年，高中毕业后，在村里做代课老师，娶得村里支部书记的女儿为妻。书记女儿却嫌他难看（据说卜子长得丑），不拿他当人，总瞧他不起，给他气受，甚至红杏出墙。他一气之下，离了婚，南下求学，历尽辛苦，最后，考上名牌大学。毕业后，他被分配到南方，事业做得风生水起。吃穿不愁自不必说，还娶了个年轻貌美的广东姑娘，住着大洋房。在我们尚不知荔枝为何物时，他家的荔枝成篮成篮放在家里吃不掉。

　　然不知什么原因，堂哥卜子自打去了南方，就再没回来过。每年春节，都要谣传一阵他要回来的消息，各家早早做好接待的准备，主妇们更是使出看家本领准备菜肴，最后，却全都落了空。我盼望见到堂哥卜子的心情，格外强烈，在兄妹几个中，就数我成绩最好。父亲说，我极有可能踏上卜子的脚印。卜子成了我的一面旗帜、一个标杆。我却从没见过堂哥卜子，我的兄妹，也都没见过。连我的父亲，说起卜子的样子来，也是模糊不清的。父亲讪讪笑，说，他小时候的样子我是记得的，眼睛小小的，很神气。

这让我疑惑不已，堂哥卜子与我的父亲到底有多亲？我是搞了好久才搞明白，原来这个堂哥，并不是我真正意义上的堂哥，他是一个远房伯伯的儿子。这个远房伯伯，平日与远亲们少有往来，但因他家出了一个卜子，原先少走动的，这才相互走动起来。这种情形有点滑稽，我们已熟稔卜子到骨头里，日日念着盼着，他却连我们是谁都不知道。他根本就不认识我们。

失望是有的，但转而又高兴了，因为父亲说，卜子的家族观念特别强。例证是，某某本家的孩子，去投奔他了，他给那孩子安排工作了。这让我们听着很安心。

我初中毕业那年，堂哥卜子终于决定起程回乡。消息早些天就在亲戚中传播，后来，得到证实，说堂哥卜子携妻挈女已在归途中。一路之上，不断有朋友拦下他，热情款待，一两天的行程，硬是走了一个多星期。众人快乐且仰慕地叹息一声，哎，卜子啊。便有亲戚天天去车站接，终于在某一天的一缕黄

146

昏中，把卜子接回。

家家都兴师动众宴请卜子。我家也打扫干净庭院，办好酒菜，专等着迎接卜子的到来。父亲一早就骑车上路了，到几十里外的卜子家去，隆重地邀请他。我们眼巴巴等了一天，等回父亲，父亲却失望地说，卜子太忙了，家家都请，有时忙不过来，一天要吃六顿呢。父亲带回来一袋话梅、一袋椰子糖，还有一盒酥饼，说是卜子给我们兄妹几个的礼物。我们就着昏黄的灯光，翻看着卜子给的礼物，听父亲讲在卜子家的见闻，他家门前花团锦簇、人来人往，无一刻不是热闹的。

卜子最终没来我家。他送的话梅我吃了两颗，酸得掉牙，但还是欢喜的，这是堂哥卜子给的呀，是来自大城市的。那是我第一次吃话梅。

我念高中时，参加一次大型作文竞赛得了奖，父亲怂恿我给堂哥卜子写封信，向他汇报这件喜事。父亲说，在我们这个大家族里，也只有你以后能跟卜子平起平坐了。父亲的话，让我觉得神圣。我铺开信纸给堂哥卜子写信，我抬首写：尊敬的卜子哥哥。打下无数的草稿后，总算写成。给全家人念了两遍，大家都说好，我这才郑重地把信寄出。

期待堂哥卜子回信的日子，是忐忑着的。每次走过收发室门口，看见收发室里那个胖阿姨，我总心跳如鼓，我觉得，她掌控着堂哥卜子的信。我有些讨好地冲她笑，叫她阿姨。终于有一天，在我再次对着她笑，叫她阿姨时，她从一堆信中，抽出一封，对我扬扬，说，是你的吧？我一眼瞥见信封上赫然印着南方某大单位的地址，呼吸变得急促。胖阿姨也瞟一眼信封，随口问了句，你家什么人在那边？我匆匆答，我哥。抓起信就跑。我不知道我为什么要跑，似乎那颗快乐与骄傲的心，唯有奔跑，才能盛放。

堂哥卜子的回信，成了全家人的幸福，大家有事没事就着我拿出来念。在信里，卜子夸我真是了不得。他说我一定能考上好大学，为我们这个家族争光。父亲到处传播这事，弄得亲戚们看我的眼神，也充满了艳羡，仿佛我已经出息起来。这无形中给了我巨大压力，我拼了命地学习，朝着堂哥卜子指引的方向，快马加鞭。

我成功了。收到大学录取通知书的那会儿，我恨不得立即飞到南方去，让堂哥卜子看看我的通知书。我决心去看他。父亲十分支持，自打我考上后，父亲整天神采飞扬，走哪里胸脯都挺得高高的。我家也出人了！父亲处处显摆。去，去让卜子看看，父亲说。

我背上家里的土特产，坐了一天一夜的长途车，终于抵达堂哥卜子所在的城。不知是不是天色渐暗的缘故，出现在我眼前的城，并非想象中的华丽丽，而是灰灰的。连路旁开着的美人蕉，也色彩浅淡。堂哥卜子站在一根路灯的柱子下，对我伸出手，客气地说，是妹妹吧？我站在向晚的风里，傻愣愣看着他，我不能相信，我眼前的这个人，就是我念了这么多年的堂哥卜子。他怎么会是卜子呢？他秃着头，瘦削削的脸上，爬着横一道竖一道的皱纹，穿一件皱巴巴的白衬衫。

他提起我的行李，拦了辆出租车。我木偶一般跟着他，穿街过巷，最后，走到一个老住宅区。三楼，楼道阴暗，我走得磕磕绊绊。他不时回头关照我，妹妹，小心啊。我马上要换大房子了，这里暂时住着，他解释道。

我点头，答一声，哦。鼻子却酸酸的。他家两室一厅的房，因我的到来，显得有些拥挤了。他把女儿的房间腾出来给我住，念初中的女儿和他们挤一间。堂嫂的表情淡淡的，和我打了一声招呼，她就把自己关到房里去了。

堂哥执意带我去饭店吃饭。街边小饭店，堂哥点了三五个菜，要了一瓶酒。他不停地招呼我吃菜，起初也还清醒着，但喝着喝着，就喝多了。他的话跟着多起来，说起这么多年他一人在外，老家人都以为他做了大官、发了大财，凡是跟他家沾点边的，都想奔着他来。妹妹，你知道吗？我也不过是个小小的办事员，混了几十年，才混个科级，能办什么事？求人半天，才把一个远房表弟安排进了一家单位做保安。他说他最怕回老家，那是伤筋动骨的事，千里迢迢回去，事先要准备一大堆礼物，哪一家亲戚都要照顾到。他说他也只拿着一份工资，却要养活一家人。堂嫂一直没工作。女儿的教育费用又高，每周上一次钢琴课，就得花掉近小半个月的工资。

那天堂哥卜子还说了些什么，我记不清了，只记得，他眼泪糊了一脸。第二天酒醒了，他看见我很不好意思，悄悄问我，我没乱说什么吧？我说没有。他跑出去买几只芒果回来，他说，这是南方水果，你一定没吃过。我自然没吃过。他女儿回来看见芒果，想吃，他用眼神狠狠制止住了。后来，我在厨房门口，听到他在厨房内对女儿说，那是给你姑姑吃的，她没吃过这种水果。我的眼泪差点掉下来。

他挽留我多住几日，说假都请好了，准备陪我四处逛逛。我谎称家里有事，不肯多住。他无法，只得送我去车站。在等车的间隙，他跑去买了好多袋话梅和椰子糖，让我带回老家，给各家亲戚送去。车还没来，我们站着，一时都无话。他突然说一句，告诉家里人，我这里一切都好。我狠狠点头。

我从南方回，提着一袋一袋的话梅和椰子糖。亲戚们都很好奇我的南方之行，他们吃着椰子糖，扯着我非让我讲讲卜子不可。他们问我，卜子是不是住着大洋房？是不是开着小车？是不是水果成篮成篮放在家里吃不掉？我说，哦，是啊是啊。亲戚们便快乐且满足地叹，哎，卜子啊。

我不知道我为什么要跑，似乎那颗快乐与骄傲的心，
唯有奔跑，才能盛放。

这世上，
被你伤得最深的那个人，
往往是最爱你的那个人。

天上有云姓白

天上每天都有白云飘过，不知有没有一朵云上有他。

他不是我们的正式老师，不过是个高中毕业生。

那时，我们初中快毕业了，教我们的英语老师突然生了病，没有老师能顶上这个缺，于是他来了，跛着一条腿。

据说他是校长的亲戚。不然凭他一个高中毕业生，怎么能来代我们的课？他来代课总有好处的，有不菲的代课费。这是消息灵通的同学说的。

他第一天来给我们上课，在我们的灼灼目光中，他一跛一跛的，费了好大的劲，才迈上讲台。有学生在底下终于憋不住，"扑"一声笑出来。这一笑，让他"腾"地红了脸，他窘迫得不敢直视我们，低着头，对着讲台上一摞作业本，半天才憋出一句话来："同学们好，天上有云姓白，我的名字叫白云。"

自此后，有学生远远看见他，就"白云""白云"地叫开了。等他答应一声，回转过身来，殷殷地问："什么事啊？"那叫着的学生会"啊"一声，抬头指着天说："我看天上的白云呢。"他并不恼，呵呵笑一声，也陪着那个同学仰头看天。

他的课备得极认真，书上密密麻麻全是红笔注的补充。只是那时我们不懂事，并不知他的努力和辛劳，私下里是有些瞧他不起的，认为他不过是个代课的。所以上课总不好好上，不时打岔，跟他耍贫嘴，甚至有同学在底下吹口哨。每每这时，他总是涨红了脸，站在讲台前，一动不动地看着我们。等我们闹够了，他可怜巴巴地问："现在我们开始上课好吗？"然后弯腰跟我们连连道歉："对不起，对不起，都怪我课讲得不好，让你们没兴趣听。"教室里突然安静下来，窗外有风吹过。那一瞬，我们有些无地自容，再上课，都听话起来、乖巧起来。他很高兴，课上完了，他说："我要奖励你们。"我们都以为他是说着玩的，再来上课，却见他提来一袋子糖——他自个儿掏钱买的，给我们一人发两块。

他喜欢扎在学生堆里聊天。有学生好奇地问："你的腿咋的啦？"他并不避讳，也不生气，自自然然地说："小儿麻痹症落下的。"又说起他很想读大学，但家里穷，弟妹多，上大学成了遥不可及的梦想。"所以呀，你们要珍惜呀，珍惜这样的好时光。"他变得像长者。

一个月后，我们的英语老师病好了来上班，他得走了。这时，班上发生了一件大事，一个成绩很好的女生，父亲突然暴

152

病身亡，女生的家一下子塌了，女生提出退学。他知道后，很着急，跛着一条腿，走了十来里的乡间路，到女生家里去。女生的寡母领着五个孩子，齐齐跪倒在他跟前。他的心一下子揪紧了，他说："我会帮你们的。"他掏出身上所有钱，又许诺，女生以后上学的钱，他会帮衬着。"一定要让她读高中、读大学，她有这个潜力。"他再三恳求，直到女生的母亲答应为止。

我们毕业前夕，他到学校来看我们，来看那个女生。他瘦了，精神却出奇的好。他说："你们要好好读书啊，我很想你们。"这一句话，惹哭了我们许多人。

在我高中快毕业的时候，却听说他染上白血病，不久便走了。当年他教的学生，因分散在四面八方，竟没有一人能见上面。他资助过的那个女生，一说起他，就哭得不能自已。

很多年过去了，当年的同学每遇见，必谈到他。末了大家会叹一声："他是个好人哪。"天上每天都有白云飘过，不知有没有一朵云上有他。

口　音

　　一个人，无论走多远，最感亲切的，是家乡话。最不能忘记的，亦是家乡话。

　　朋友家的孩子，被送去英国念书，电话里，他不是抱怨居住饮食的不习惯，而是抱怨说话的不习惯。他用一口流利的方言跟他母亲说话，他说，妈妈呀，这儿没人跟我说家乡话，可把我憋坏啦。

　　一个人，无论走多远，最感亲切的，是家乡话。最不能忘记的，亦是家乡话。

　　独自去云南旅行，满耳听到的，全是外地口音，孤独感油然而生，仿佛突然掉落到一座孤岛上，尽管到处花香鸟语，却隔着烟水茫茫。想家的感觉，很强烈。后来，去一家卖银饰的店转悠，店主殷殷向我推荐各种银饰，手镯项链戒指，不一而足。还有一种挂脖子上的饰物，上面雕着硕大的水莲花，花半开，美到极致。爱不释手，想买。同一辆旅行车上下来的广东人，在我身后拉我衣角，悄声说，假的，过不了多久，就会变黑的。我犹豫，说，可是，它这么好看。店主在一边听着，突然惊喜地叫起来，您是江苏人吧？我诧异，反问他，你怎么知道我是江苏人？

您的口音啊，他乐，说，我也是江苏的，常熟的。

常熟那地方我熟悉，一年里，总有好几次路过那地方。我在省作家班读书时，就有同学也是常熟的。于是我们一个柜台内，一个柜台外，很起劲地说起江苏来。不断有顾客来，店主亦是顾不上的。遥远的云南，一下子变得亲切起来，临了，我不单买了他的那朵水莲花，还另买了许多银镯，带回家送人。

回来，家里人都笑我，你上当了。因为那些银饰，有些真的变黑了。心里却没有一点点的悔，遥远的云南，相遇到家乡口音的快乐，长存在记忆中。

父亲有堂哥，在外颠沛流离若干年，后来把家安在重庆，与家乡隔着千重山万重水。娶妻重庆人，说一口重庆话。生子生女，也是一口重庆话。唯他，半生不熟的重庆话里，夹着浓浓的家乡口音，半个多世纪过去了，他依然操一口家乡口音。七十岁上，他回来探亲，从小一起玩儿的伙伴，也都老了。两句话没聊完，他已泪流满面，他说，我终于听到家乡话了。半个多世纪路迢迢，乡音未改，所有的念想，都有了寄存的地方。

读唐人乐府《长干行》，无端端喜欢极了。读，再读。眼前波光粼粼，展开一片辽辽的水域，碧波上，舟来帆往，真是热闹的。诗里的女子出现了，她正在一扁舟上沉思呢，家乡隔在千山万水外。耳边忽然飘过熟悉的乡音，从另一条船上。她意外的欢喜，是满满的，简直等不及一点一点往外溢，而是烟花般的，"嘭"一声炸开来。她跳出去张口就问："君家何处住？妾住在横塘。停船暂借问，或恐是同乡。"这样的萍水相逢，因口音的相似，竟是毫不设防的。不知诗里的女子和男子，最后结局如何，我很希望男未娶、女未嫁，他们可以成就一段美满姻缘。

成年后，我出外工作，在一座城待久了，以为城市会把我蜕化成一个城里人，却因几声蛙叫、几点鸟鸣，曾经的日子便排山倒海在记忆里翻腾。而当某一天，被某一个陌生人揪住惊喜地问，您是不是某个地方的人？怔住，微笑，陌生瞬间成熟识。那一口跑哪儿也丢不了的口音，一下子把故乡，拉得很近很近。

那个被你伤得最深的人

这世上，被你伤得最深的那个人，往往是最爱你的那个人。

见过一个父亲的泪。他蹲在一堵高墙外，头上霜花点点，满身疲惫的风尘。他先是呆呆地望着街角一处，后来，他双手捂住脸，呜咽起来。双肩剧烈耸动，单薄的身影，看上去，像极秋深时，枝头挂着的一枚叶子，欲落不落。眼泪从他指缝处，漫溢出来，成小溪流。午后的阳光，照在上面，反射着晶莹的光，亮闪闪的惨痛，无遮无挡。高墙内，是看守所。他20岁的儿子，因跟人合伙抢劫，被关在了里面。

见过一个母亲的泪。车站，她来追她执意要远走的女儿。女儿打扮得时髦入时，长靴子短裙子，嘴唇抹得鲜艳欲滴。她却头发蓬松，衣着黯淡。她不住地恳求着女儿："乖乖，妈妈求你了，你不要走啊……"女儿根本不耐烦听，一直别过头去不看她，回她的话，恶狠狠的，"你烦什么烦，我的事不要你管！"

女儿等的车，很快来了，女儿甩开母亲试图牵拉的手，跳上车去。这个母亲急得直拍车窗，口里叫着女儿的小名，"兰儿，兰儿，你不要走，你不要走。"惹得旁人纷纷侧目。车到底，还是开走了，做女儿的，连头都不曾回一下。她站在人来人往的车站，呆呆望着女儿远去的方向，蓝天白云都是痛啊。泪水从她脸上，成串成串落下。

见过一个丈夫的泪。他寻找离家出走的老婆，持了老婆的照片，站在路口，拖住每个过路的人，问："你见过这个人吗？她是我老婆，我在找她。"问得嘴唇皲裂。一年之中，他走遍大半个中国，老婆的音信还是杳无。他把寻人信息发到他能发到的每个角落，拜托好心的人帮他留意。半夜三更，只要电话一响，他立马就奔过去看。一次，他得了消息，说某个大山沟里，一户人家买来的媳妇，很像他的老婆。他一路风餐露宿地寻过去，半路上体力不支，差点一脚摔下山崖。

后来的后来，老婆还真的被他寻着了。其时，她已再度嫁人，养得珠圆玉润，坚决不肯跟他回家。五大三粗一男人，没法子可想了，蹲在马路边，哭得号啕。

见过一个妻子的泪。丈夫背着她，挪用公款给同学做生意，结果同学生意失败，公款还不上了。丈夫害怕之下，选择了逃离，于一个清晨，撇下她，一去不返。她天天盼，日日等，夜夜泪湿枕巾，希望某天，丈夫突然归来，那将是多大

158

的惊喜啊。

她鼓足勇气上了电视里的情感现场。面对着无数的观众，她潜然泪下，好几次语不成调，眉目间全是伤悲。她对着摄像镜头，呼唤着她的丈夫："我求你了亲爱的，你快回来吧，哪怕是坐牢，我陪你一起坐。欠下的债务，我和你一起还。我们的日子还长着，你怎么忍心丢下我，一个人躲得远远的……"

这世上，被你伤得最深的那个人，往往是最爱你的那个人，你伤他（她）总是易如反掌，因为他（她）对你毫不设防。而在被你伤害之后，他（她）只会哭泣，从不知道反抗。

老枣树

外面再多的繁华旖旎，也不及家里一颗枣子的好。

老家的院子一角，一直长着一棵枣树。枣树枝叶蓬勃时，能遮住半幢房子。屋内的光线因它的分割，显得明明暗暗。我妈做针线，看不清针脚了，她会抬头看一眼窗外的枣树，自言自语道，枣树遮住光了。但从不曾想过动它，就这么让它任性地长着。

这棵枣树，到底活了多大年纪了，我爷爷在世时，也说不清。我爸更是说不清了，我爸说，打小，家门口就长着的。他们兄妹六七个，都是吃着这棵枣树上的枣长大的。

枣树原在爷爷的老家待着的。爷爷成年后，分家产，这棵枣树，也成了家产的一部分，被分给了爷爷。

爷爷带着这棵枣树，到百十里外的荒地里安了家。三间茅草屋搭起，这棵枣树，被植在了茅草屋前，成了我们家的标志。它结果时，累累一树，方圆一二十里的人都知道。

到我记事时，这棵枣树，已被人称为老枣树了。我小时候，走丢过，站在大路上直着嗓子哭。人问，孩子，你家住哪里呀？我抽抽泣泣答，我家房子前长棵老枣树。人便一拍巴掌，恍然大悟，哦，是丁志煜家的啊。因了这棵老枣树，我被顺利送回家。

我10岁那年，我家搬迁到河对岸去。我奶奶不舍得这棵老枣树，执意也要把它搬走。我爸请了人来搬它，人一锹下去，损伤它不少的根。我奶奶心疼得不得了，拿些碎布头包住它的根。它被栽到了新家的院子一角，大家都说，怕是难成活的。但最终，它却活过来了，抽枝、长叶、开花、结果，从不怠慢任何一步。

这棵枣树上的枣子，甜了我们兄妹几个的童年、少年，成了我们心目中家庭中的一员。我们去外地念书，给家里人写信，在最后，也总要问候一下老枣树，老枣树还好吧？

我爸认真回，好着呢，开一树花了。或者回，又结好多枣子了。

枣子总能留到我们寒假归来时吃。我奶奶拣大个的，一颗一颗洗净了、晒干了，装在陶罐里。枣子红红的，一口一个甜。我们吃着，觉得安稳快乐，外面再多的繁华绮旎，也不及家里一颗枣子的好。奔波在外的心，终落到实处。

后来，我们兄妹几个，一个个离家了，有了自己的小窝。

然每到枣子成熟的时候，我们都不约而同回老家去，屋前屋后转转，看看老枣树，摘下一颗一颗的甜。一家老小，围桌而坐，一个都不少，其乐融融。有老枣树在，时光好像还是从前的样子。

随着我奶奶和爷爷的相继过世，老枣树也一年不如一年了。先是枝条枯萎，继而，树干腐朽，脆弱不堪。起初，还有少量枝条硬撑着，在春天爆出新绿，在夏初开出花，在秋天果子成熟。到最后，它实在撑不住了，一树的衰败喑哑。

终有一天，等我们兄妹几个都在家，我爸跟我们商量，把老枣树砍了吧？

哦？我们都很意外。看看老枣树，它缩在院子一角，像衰老干瘪着的一个人，怕是连吹过的一缕轻风也扛不住了吧。我们相互看一眼，说，好啊，那就……砍了吧。

再回老家去，我在院子里转着转着，意外发现，在原先老枣树生长的地方，竟冒出一棵小枣树来，探头探脑着，顶一身翠翠的嫩叶子，在阳光下笑意婆娑。

天　水

孩子不懂这些，他们总要经历很多岁月之后，才会变得从容。

连续的雨天，叶子在风雨中打着旋，不堪重力般的，一头栽到地面上。行人都瑟缩在雨披里，嘴里嚷着，好冷。是冷，一路下班归来，手脚冰凉。眼看着天黑了，雨却仍没有停下的意思。

厚棉被捧出来了。取暖器也搬出来了。插上电，不一会儿，芯片就红红的了。一居室，开始被熏得暖暖的。风在窗外，雨在窗外，夜在窗外。急雨敲屋、敲窗，它们进不来，我有安心的感觉。

想起一首诗里写的："绿蚁新醅酒，红泥小火炉。"真是诱人得很。新酿的米酒，在小火炉上温着。这也罢了，偏偏一绿一红，这样的色彩，诱惑着我的想象。一定是新米酿的酒吧？

上面泛着绿莹莹的光。小火炉是红泥抹上，抑或是炭火烧红的，反正是泛着温暖的红色。被冻僵的四肢，在瞬间活泛起来。这样一个雨夜，我渴望也有这样一炉火燃着，有这样的酒温着，虽然我不会喝酒，大概也难以抗拒这样的温暖，会饮上一杯。醉了又何妨？风声雨声在屋外，我可以守着一屋的暖。还求什么呢？

那人躺在床上傻笑，说："真好。"那人不是个诗情画意的人，有时甚至是严肃的，却在这雨夜里，变得像个孩子，欢欢喜喜把被子裹在身上，叹着气叫："真幸福啊。"幸福什么呢？外面是惊天动地一个天地，雨狂风狂。室内却有一屋的温馨。这样的温馨，需要好好享受才不致浪费。

"你听，你听。"那人让我听雨敲在琉璃瓦上的声音。"像不像打夯？"他比喻。我说，打夯是什么？他说，就是人家砌房子时，用石头夯实地基，那时，很多男人一齐用力，"嗨哟"一下，把石头结结实实夯下去，发出"咚"的一声，再提起，再"嗨哟"一声夯下去。就这样一下一下的。

我笑。一群男人，赤着膊夯地基的样子就在眼前晃。他们口里哼着号子，一声一声，可不正像这急雨乱敲么。房子是砌给人住的呢，一点马虎不得，地基夯得越实越好。盖房子的主家，白面馒头蒸在一边，候着他们。夯累了，一个个坐下来，大口吞馒头，一边开着荤荤的玩笑，劳作的生活，就这样过出快乐的味道来。

再听，这急雨又像一群心慌慌的孩子，赶着去邻村看一场戏。戏早就开场了呀，他们却因什么事耽搁，去晚了。一碗热粥在大人的"威逼"下慌慌喝下，从喉咙一路烫下去，直烫到心口，也管不得的。碗搁下时，人早已跑到门外去了。一路小跑，脚步纷乱，边跑还边叫，等等我呀。其实，哪里用得着这么的急，那些戏，总是那村演了再到这村演，日后有得看的。上了年纪的人，在路上走得不慌不忙，一边走一边对着那些孩子慌慌的背影说，心慌吃不得热粥哟。是不相干的一句话，却有老人的老经验在里头。孩子不懂这些，他们总要经历很多岁月之后，才会变得从容。

雨仍在下着。一个夜，静了。老家的屋檐下，少了等雨的盆吧？那时，老家还都是茅草房，再急的雨，打在茅草上，也变得温柔，是沙沙沙的。仿佛有无数只手，抚在人的心上。祖母总喜欢放只盆在屋檐下等雨，那些浸过茅草的雨，顺着屋檐落到盆里，褐色的红。祖母说那是天水。"甜呀。"祖母说。让它沉淀了，烧茶喝，或是煮粥吃。

我有没有吃过"天水"烧的茶或煮的粥呢？我不记得了。想来总是有的。小时候的需求简单，有茶喝有粥吃就好了。祖母会让我们吃出花样来，譬如用这"天水"烧茶煮粥，还是原来的锅碗，里面盛的东西，却变得美好起来香起来。

问那人："你知道天水吗？"

那人奇怪，"什么天水？"

我独自微笑。在一屋的雨声里，想天水和我的祖母。它们在这个世上真实存在过，又一同消失在时空里，成了浩渺中的永恒。

一个人的碧海蓝天

尘缘相误，流年偷换，谁是谁的劫？

不是所有的相遇，都能相悦欢喜、温柔善待。亦不是所有的牵手，都能笑看东风、相伴到老。

他是大观园里的贾宝玉，她是温柔贤淑的薛宝钗。虽是金玉良缘，可到底，她不是他前世的一滴泪。

这年，他18岁。她15岁。

两个新式的人，举行了一场轰轰烈烈的新式婚礼，却是在两个家庭包办的前提下。

婚礼的豪华，轰动一方。徐家摆下喜宴数百桌，前来贺喜的人，络绎不绝。张家的陪嫁绵延数十里，其中有许多家具都是特地去欧洲选购的，一火车皮也装不下。

当硖石的人们，还在津津乐道徐家婚礼的奢华、新娶少奶奶嫁妆的丰厚，羡慕着这场强强联手的婚姻时，婚姻中的他和她，却早已撤下华丽丽的道具，成了熟悉的陌生人。

他不待见她，从知道要娶她的那一刻起。不管这个"她"是张幼仪，还是别的谁，哪怕就是林徽因，他也不会认同"她"。只道"她"是封建礼教下的一个包袱，接受新式教育的他，骨子里反感着这场包办婚姻。他以为，他自由的心，从此被套上枷锁。

父亲的意志，他却无法违拗。他只得违心娶了她，早早地把她打进"冷宫"，由不得她一句辩解。

在她，多么冤枉。本也是金枝玉叶，有着显赫的家世。祖父是前清知县；父亲是富甲一方的商人；二哥张君劢是颇有影响的政治家和哲学家；四哥张嘉璈是金融界和政界名流。

从小，她备受父母及兄长的宠。三岁时裹足，因不忍她疼痛，兄长做主，扔了她的裹脚布。她便很幸运地，拥有了一双天足。然日后，这双天足并没有给她带来婚姻幸福，她不无伤感地说，对于我丈夫来说，我两只脚可以说是缠过的，因为他认为我思想守旧，又没有读过什么书。

出嫁前，她过着无忧无虑的少女生活，就读于苏州第二女子师范学校。在那里，她接受着先进教育，成绩优异。只是尚未毕业，就被家人接回家，突塞一个夫婿给她。

无法揣测她当时的心理，惶恐？害羞？期盼？惴惴？15岁的小姑娘，对着一张照片看啊看，直到把那个眉清目秀的人，印到心坎上。从此，他是她的郎。

他也看过她的照片，一句乡下土包子，从此给她定了形。无论她是何等端庄贤淑，何等聪明能干，她都入不了他的眼。任她再多努力，也敲不开，他用漠视竖起的那道门。

人都说，孩子是婚姻的纽带。有了孩子，再冷漠的婚姻，也会泛出水花来。

张幼仪盼着他们能有个孩子。

在婚后第三年，她如愿以偿，为徐家诞下一男婴。举家欢庆。

徐志摩是顶喜欢小孩的，那些日子，他脸上有了笑纹。对自己这个儿子，每每有些贪恋地看着，给他取小名阿欢。

阿欢周岁那天，徐家自是一番隆重庆贺。根据风俗，小孩子过周要"抓阄"，家人便在小阿欢面前摆了量尺、小算盘、铜钱和一支毛笔。小阿欢一把抓起父亲用过的毛笔。祖父一见，乐不可支，连连道，我们家孙子将来要用铁笔！遂给孙子取名叫积锴，希望他将来能走从政入仕之路。

这时的徐志摩，已远涉重洋，到美国留学去了。与家人也常有书信往来，念及阿欢种种，对其母却只字不提。

张幼仪那颗想靠近的心，又被拒在他漠视的门外，山重水复。她在徐志摩面前，越发的沉默寡言，生怕说错了话，惹他不开心。

1920 年夏，徐志摩为要投到偶像罗素门下读书，弃唾手可得的博士衔，一意孤行地跑到英国去了。

他的举动，让父亲徐申如十分震惊，坐立不安。原指望他学成归来，能借助张家的势力，走上仕途，有一番作为。现在，这个儿子却如脱缰的野马，追着罗素去了。徐申如始觉得，他已无法掌控这个儿子了，儿大不由爹。

在这种情形下，送媳妇出国伴读，成了上上策。有媳妇在儿子身边，儿子的行为举止有个牵绊，不至于胡来。而且媳妇是能干的，说不定能拉回他这匹脱缰的野马。且徐申如也想让儿子尽尽为人夫的义务，好使他快点成熟起来。

张家人自然十分赞同徐家的想法，小夫妻长期分居，会感情疏离，这对张家女儿来说，不是好事。于是，由张幼仪的二哥张君劢写信给徐志摩。

徐志摩是十分尊重张君劢的，接信后，他极度不情愿地同意张幼仪来英。

这年秋天，一直有着众多佣人伺候着的张家小姐、徐家少奶奶张幼仪，只身带着行李，来到了除丈夫外举目无亲的英国，从此，事无巨细，她要用柔弱的肩扛起。在她，竟是无惧的，久别胜新婚，她满怀着一腔的思念和期盼。

迎接她的，却是徐志摩的厌烦和冷漠。这兜头兜脸的一瓢冷水，让她从头凉到脚。晚年的她回忆起当时这个场面，还忍不住唏嘘：

我斜倚着尾甲板，不耐烦地等着上岸，然后看到徐志摩站在东张西望的人群里。就在这时候，我的心凉了一大截。他穿着一件瘦长的黑色毛大衣，脖子上围了条白丝巾。虽然我从没看过他穿西装的样子。可是我晓得那是他。他的态度我一眼就看得出来，不会搞错的，因为他是那堆接船的人当中唯一露出不想到那儿表情的人。

　　早年间看过一部电影，片名和情节全忘了，唯记得里面一个女人，泪湿衫巾，边哭边说，他纵使是一块石头，这么多年，我也该焐热他了。

　　那时应该是同情她的。即便铁石心肠，在一叠温柔面前，也应融化成水。事实上，这只是人们的一厢情愿，心都不在那上面了，再多的温柔相待，又有什么用？

　　徐志摩接来张幼仪，在英国的乡下沙士镇租了两室一厅安顿下来。

　　两人的身体距离近了，心的距离，却还遥遥。徐志摩虽一日三餐在家吃，却极少说话，对饭菜的好坏，从不作任何评价。让一旁的张幼仪，心伤了又伤。要知道，为使饭菜合口，她想尽办法，尝试过多遍，却得不到丈夫一句表扬，哪怕是批评也好啊。

　　她无法把自己的想法告诉徐志摩，她一开口，他必说她，你懂什么？你能说什么？他的鄙视，让她极度自卑，她多想也多读点书、学点英文，成为一个饱学的人。

夫妻五六年，在她记忆里留存的温暖片刻，仅有那么可怜的两次：

一次，他带她去康桥看赛舟。河里百舟争流，徐志摩和一些外国洋女人甩着帽子尖叫，她却无端地脸红了，只拘谨地看着。

一次，他带她去看范伦铁诺的电影。她回忆：

> 本来我们打算去看一部卓别林的电影，可是在半路上遇到徐志摩一个朋友，他说他觉得范伦铁诺的电影比较好看，徐志摩就说，哦，好吧！于是我们掉头往反方向走。徐志摩一向是这么快活又随和，他是个文人兼梦想家，而我却完全相反。我们本来要去看卓别林电影，结果去了别的地方，这件事，让我并不舒服。当范伦铁诺出现在银幕上的时候，徐志摩和他朋友都跟着观众一起鼓掌，而我只是把手搁在大腿上坐在漆黑之中。

这样的一同外出，并没有使他们距离拉近，反而更衬出他们性格的差异。他是一抹向阳的光，活活泼泼。她却是一杯安静的水，沉稳得近乎木讷。

家里的气氛始终沉闷。无数次的清晨，她倚着客厅那扇大大的落地窗，望着屋旁一条灰沙的小路。天边是雾茫茫的，风中传来教堂晓钟和缓的清音，当，当，当，把人的心都敲碎了。女人的直觉告诉她，她的丈夫，这么一早匆匆出去，一定在外面有了人，他将要娶个二太太了。

她不断安慰自己：我替他生了儿子，又服侍过他父母，我永远都是原配夫人。

她已经作好接纳二太太的准备。

事情发展的结果，远比张幼仪预料的可怕，徐志摩真的有了心上爱，且坚决地提出离婚。

古有休妻之说。但大张旗鼓提出离婚的，绝无仅有。

张幼仪一下子傻了，惊慌失措得无以复加。当时，她已有两个月身孕，徐志摩并不怜惜，反而一句，把孩子打掉。张幼仪害怕，说，我听说因为有人打胎死掉的。徐志摩冷漠地接口道，还有人因为火车事故死掉的呢，难道人家就不坐火车了吗？

之后便是长时间的冷战。对张幼仪来说，那些天，无疑是在烈火中煎熬。她找不到一个可以哭诉的人，心整天被吊在半空中，不知底下的深渊，到底有多深。

一星期后，徐志摩不辞而别，把张幼仪一个人扔在沙士镇。张幼仪成了一把"秋天的扇子"，被遗忘在密封的匣子里。

1922 年 2 月，张幼仪在德国生下次子彼得。她与徐志摩的婚姻，也走到了终点。徐志摩不顾父母的强烈反对，写信给她，正式提出离婚：

故转夜为日，转地狱为天堂，直指股间事矣……真生命必自奋斗自求得来，真幸福亦必自奋斗自求得来，真恋爱亦必自奋斗自求得来！彼此前途无限……彼此有改良社会之心，彼此有造福人类之心，其先自做榜样，勇决智断，彼此尊重人格，自由离婚，止绝痛苦，始兆幸福，皆在此矣。

他不爱她，他爱的是"西服"，是西式和现代。说到底，是性灵自由的解放。如他心中的女神林徽因。她却仍爱他，迈着他以为的"小脚"，守着她的传统。离婚在他是挣脱，在她是放手。

我有点邪恶地作这样的揣想：若张幼仪也能作河东狮吼，对徐志摩据理力争，如江冬秀之于胡适，泼辣勇猛，纳小都不允许，何况离婚。那么，结局会如何？徐志摩怕是很难做到全身而退，毫发未伤。又或者，经此一折腾，我们大诗人的性灵里，冒出这样的念头，原来身边妻是这等可爱的女人。他舍不得放手了，他开始爱了。

然张幼仪就是张幼仪，表面看似懦弱，骨子里却自尊自强。

现在，提心吊胆的日子终于到了头，她反倒什么也不怕了。三月，德国柏林，由吴金熊、金岳霖等人公证，张幼仪在离婚协议书上签上了自己的名字。

三个月后，徐志摩写了首《笑解烦恼结——送幼仪》的诗，和他的离婚通告一起刊出，在整个社会上引起哗然，他勇猛迎上，纵使肝脑涂地，亦在所不惜。在他，终向封建包办响亮地说了声，不！激情何等洋溢，此后山高水远，他自会如一只自由的鸟儿，去奋飞：

　　这烦恼结，是谁家扭得水尖儿难透？
　　这千缕万缕烦恼结，是谁家忍心机织？

　　这结里多少泪痕血迹，应化沉碧！
　　忠孝节义——
　　咳，忠孝节义谢你维系
　　四千年史髅不绝，
　　却不过把人道灵魂磨成粉屑，
　　黄海不潮，昆仑叹息，
　　四万万生灵，心死神灭，中原鬼泣！
　　咳，忠孝节义！

　　东方晓，到底明复出，

如今这盘糊涂账，

如何清结？

莫焦急，万事在人为，只消耐心，

共解烦恼结。

虽严密，是结，总有丝缕可觅，

莫怨手指儿酸，眼珠儿倦，

可不是抬头已见，快努力！

如何！毕竟解散，烦恼难结，烦恼苦结。

来，如今放开容颜喜笑，握手相劳；

此去清风白日，自由道风景好，

听身后一片声欢，争道解散了结儿，

消除了烦恼！

他又说，解除辱没人格的婚姻，是逃灵魂的命。

他跟了他的性灵走，却没有顾及到把一个弱女子抛下，她
背着被丈夫遗弃的名，还要独自抚养幼子，该如何承受？

1931 年 12 月，林徽因在《悼志摩》中，对她眼中的徐志
摩作了一番深情追忆：

志摩是个很古怪的人，浪漫固然，但他人格里最

精华的却是他对人的同情、和蔼，和优容；没有一个
人他对他不和蔼，没有一种人，他不能优容，没有一
种的情感，他绝对地不能表同情。

　　林徽因其实错了，她说漏了一个人，这个人便是被她间接
伤害过的张幼仪。徐志摩的同情、和蔼与优容，独独没有对张
幼仪。他对她始终冷漠，最后决绝到近乎残忍，这是他人性的
欠缺。纵是才子，也有普通人的弱点，对近在咫尺的爱和好，
视而不见。亦或许，在不知不觉中，他已把张幼仪当作家人中
的一个，家人是用来伤害的，外人才是用来尊重和爱的。

　　林徽因是心知肚明的，不管她有多么无辜，徐志摩是因她
的出现，才动了离婚的念头。当然，没有她，或许还有李徽因
王徽因的出现，就像后来出现的陆小曼。徐志摩也许还会提出
离婚，但结局会大不相同。

　　林徽因背负着这份歉疚，无处安放。在徐志摩死后近二十
年，她约见了张幼仪。张幼仪带着儿子和孙子跑去，那时，她
躺在医院的病床上，生命的灯盏，已极微弱。

　　那是两个女人今生唯一一次见面，她们相对着，都没说话。
事后张幼仪说，我不晓得她想看什么，也许是看我人长得丑又
不会笑。

　　我以为这是张幼仪说的气话，她怎么会不懂她？她是一眼
就看穿林徽因内心的挣扎与苦楚。一生一世，在林徽因灵魂

177

的高处，一直站着徐志摩，无人可替代，他们是心灵相好的
两个。

当一个人被逼到走投无路时，只有两个选择，一是自我毁
灭，一是重新来过。

张幼仪初听到徐志摩尖叫着对她说，他要离婚。她的眼前
一片黑，夜晚冰凉的风，仿佛涌进了她的肺。她想到了死，一
头撞死在阳台上，或是栽进池塘里淹死，或是关上所有窗户，
扭开瓦斯。但后来她记起《教经》上的第一个孝道基本守则：
身体发肤，受之父母，不敢毁伤，孝之始也。她打消了死的
念头。

深渊到底有多深，也是望得见的了，最坏的结局，不过是
离婚。她反倒坦然起来，一个人带了孩子彼得，在德国生活，
努力学习德文，并进了裴斯塔洛齐学院，专攻幼儿教育，开始
了一个全新的自己。

隔了距离，徐志摩对她反而敬重起来，他们常有书信往
来，谈论小彼得的种种，譬如他对音乐的热衷，几乎是从襁
褓里起。

1925 年，他们可爱的小彼得，却死于腹膜炎。一周后，徐
志摩赶到，那是他们离婚后第一次见面，相对无言，泪眼婆
娑。后来，张幼仪领他一一看彼得的遗物，睡的床铺，喜欢的
小提琴，日常把弄的小车、小马、小鹅、小琴、小书等玩具，

穿过的衣、裯、鞋、帽。徐志摩发了痴般地看，心疼挛成一团。对被他抛弃的妻，又多了一层敬重和理解——没有他的日子，她把孩子照料得如此的好。

他后来在《我的彼得》中这般写道：

> 彼得，可爱的小彼得，我"算是"你的父亲，但想起我做父亲的往迹，我心头便涌起了不少的感想；我的话你是永远听不着了，但我想借这悼念你的机会，稍稍疏泄我的积愫，在这不自然的世界上，与我境遇相似或更不如的当不在少数，因此我想说的话或许还有人听，或许有人同情。就是你妈，彼得，她也何尝有一天接近过快乐与幸福，但她在她同样不幸的境遇中证明她的智断、她的忍耐，尤其是她的勇敢与胆量；所以至少她，我敢相信，可以懂得我话里意味的深浅，也只有她，我敢说，最有资格指证或诠释——在她有机会时——我的情感的真际。

其时，名媛陆小曼，占领了他的整个心田，他陷进又一场爱恋中，天翻地覆。饶是如此，他给陆小曼写信，还是忍不住赞叹他的前妻：

> C（张幼仪）是个有志气有胆量的女子……她现在

真是"什么都不怕"。

要想真正赢得他人的尊重，只有自己的自立自强。道理虽很浅显，但现实世界里，在黯然消退后，又华丽再现的能有几人？

破茧方能成蝶。张幼仪做到了。她做德文老师；她经营云裳服装公司，担任总经理；她接办女子商业储蓄银行，成为副总裁。她从低眉顺眼的小媳妇，蜕变成有主见、有主张且相当主动的"三主"女强人，在男人涉足的金融界，她做得有声有色，大获成功。与张幼仪照过面的梁实秋，如此评价她：

> 她是极有风度的一位少妇，朴实而干练，给人极好的印象。

和徐志摩的离婚，使她脱胎换骨。晚年她回忆自己的一生，说出这样的感想：

> 在去德国之前，我什么都怕，在德国之后，我无所畏惧。

徐志摩对她的"残忍"，从另一个层面上来讲，或许是慈悲。他不爱她，却没有像林长民一样，另娶新人进门，让她穿着婚姻的外衣，守在被遗弃的"冷宫"里，日日看着他和新人欢笑恩爱。这好比凌迟，刀刀见血。

他无情地推她出门，外面天也高、地也阔，她别无牵绊，有她的人生路好走。她成了后来的女强人张幼仪，从狭小的天空，走到外面的广阔天地里，都是托他的福。

他飞机失事，她着儿子阿欢去山东给他收尸，有条不紊地为他操办了整个丧事。她提笔书写的挽联是：

　　万里快鹏飞，独憾翳云遂失路；一朝惊鹤化，我
怜弱息去招魂。

爱，或者恨，都不重要了。生，她不能守在身边，死了，却可以去招回他的魂。他终究，还是回到她身边。

她后来帮着徐家打理产业，为"公公"养老送终，接济潦倒的陆小曼，让人敬仰。53岁那年，她遇到了属于自己的另一半，忐忑地写信给儿子阿欢，征求儿子的意见。儿子如此回复：

　　母职已尽，母心宜慰，谁慰母氏？谁伴母氏？母
如得人，儿请父事。

她于是有了自己的避风港。

晚年，面对晚辈的一再追问，她说出令人心疼的一段话：

你总是问我，我爱不爱徐志摩。你晓得，我没办法回答这个问题。我对这问题很迷惑，因为每个人总是告诉我，我为徐志摩做了这么多事，我一定是爱他的。可是，我没办法说什么叫爱，我这辈子从没跟什么人说过"我爱你"。如果照顾徐志摩和他家人叫作爱的话，那我大概爱他吧。在他一生当中遇到的几个女人里面，说不定我最爱他。

尘缘相误，流年偷换，谁是谁的劫？——这也不重要了。重要的是，她没有成怨妇，一辈子活在仇恨和抱怨里，暗无天日。她选择放下，用宽容和爱，重新铺写自己的碧海蓝天。她不但成全了徐志摩，也成全了她自己，幸幸福福活到 88 岁，无疾而终。

尘缘相误，流年偷换，谁是谁的劫？

花映着孩子们的脸，
孩子们的脸映着花，
让人好生羡慕那样的时光，
青春无可匹敌。

第五辑
昨日重现

有一刻，总有那么一刻，
我们的心，别无所求，纯
净得如同婴儿。

花香缠绕的日子

花映着孩子们的脸，孩子们的脸映着花，让人好生羡慕那样的时光，青春无可匹敌。

要集体搬去新校区了。

大家齐聚老校区，热热闹闹地拍照留念。我悄悄一个人，在校园里各处走了走。我走得很慢很慢，每一步里，都有着从前的影子。

12年，整整12年，我在那里。

在那里，我结识最多的，是花。春天，图书楼西侧的榆叶梅开得噼里啪啦。围着墙角一圈儿的葱兰，慢慢儿的，也都开花了。最初看到那一朵一朵小小的白，低到尘埃，不声不响地开着，我真的很意外。想它们才是花中君子，守得住清贫孤寂。

办公楼前面是草坪。草坪的四周，都被花环抱了。鸢尾的花，是浅紫的，像大翅膀的蝴蝶。一度，我误以为它是蝴蝶兰。虞美人的花，是踮着脚尖开的，婷婷着，花瓣儿薄绸子一样的。我喜欢采几瓣，夹在书里面。我在教室里讲课，讲着讲着，翻开一页，看到那瓣"薄绸子"，会会心地笑上一笑。打碗花是野生的吧？浅粉的小喇叭，一朵朵，跟精致的小酒盅似的，盛着日光的酒。月季的花，丰腴而妖娆，极有贵妃派头。我从那里经过，敌不过它的诱惑，凑过鼻子去，闻上一闻，满衣袖都沾着它的香。

通往教学楼道路的两侧，更是花们的天下。二三月份，水仙花开得茂密。我是第一次看见水仙花长在土里面，又朴实又活泼，有种娇俏在里头。四五月份，红花酢浆草开花了。粉红的小花朵，不过指甲大小，却层出不穷，一开一大片，像铺着花地毯，特别招惹小白蝶。小白蝶们成群结队飞过来，好似又开出些白的花来。

茑萝开花了。花朵镶在细细的藤蔓上，跟小星星似的，文气得很。看到它，我总要想到《诗经》中的句子"茑为女萝，施于松柏"。当然，此花非彼花。但还是有着渊源的，因形态的相像，它把茑与萝的名字合二为一。

不得不说一下教学楼一侧的紫藤花廊。四月里，紫藤花开。那一条花廊，美得像吴冠中的画。画廊下，常有孩子们的身影在晃动。花映着孩子们的脸，孩子们的脸映着花，让人好生羡慕那样的时光，青春无可匹敌。

教学楼的东侧，有河，南北走向。河边树木森森。春天，一两树桃花，傍河而开。一枝枝艳粉的花，探到水里面。我会在那里流连忘返，想着醉倚桃红，亦是人间一大乐事。

紧接着，樱桃花该开了。结香该开了。凌霄花该开了。荷花玉兰该开了。七里香该开了。翠竹浓荫，我在楼上上课，稍一低头，便会闻到一阵一阵的花香。是荷花玉兰，或是七里香的。我和孩子们在花香里读书，书上的每个字，都是香的了。

秋天的校园，也是好看的。沿河的法国梧桐，叶片儿慢慢染上淡黄、金黄、褐黄，斑驳得像油画。花坛里的小雏菊们，争先恐后挤挤挨挨地开了花，粉紫、深红、橘黄、莹白，颜色缤纷，总要开到初冬才作罢。

艺术楼墙上的爬山虎，叶片儿也渐渐变红了。在白的瓷砖上，尤为耀眼。一面墙上镶着那样的一两棵，美好得像宋词。

桂花隆重登场了。这花甫一盛开，就是满校园沸腾。香哪，香得四处乱窜。那些日子，我们走路都是一步一香的。上课也是。看书也是。我每在黑板上写一个字，每翻一页书，每说一句话，都有香气缠绕不休。

冬天，有蜡梅花开。那一年大雪，我在教室里上课，腊梅花的香钻进鼻子里来，逗引得人心旌摇荡。哪里还上得下去课呢！我对孩子们说，不上课了，我们去雪地里玩吧。我就真的领着他们去雪地里玩了。我一边找寻着雪中的蜡梅，一边看孩子们在雪地里奔跑，他们欢笑的样子，像雪，散发出晶莹的光芒。

写到这里，一个词突然漫上心头，那个词，叫怀念。

是啊，真怀念啊。

老学生

他说，一定要给老师送上一袋子他亲手种的大米。

四十五年前，他新婚。乡下草棚两间，傍河而搭。屋旁一棵刺槐树，粗壮高大。那是祖上留给他的财产，伴过好几代人了。

他在树下置石桌石凳。人多时凳子不够，就拿几张苇席摊地上，众人席地而坐。

那时，他家里的人真是多。大锅煮粥，满满一大锅，一圈下来，就见底了。他新婚的妻子手忙脚乱，刷锅烧火，再重新煮上一大锅。

业余时间，他挖空心思，尽想着怎么弄到吃的。门口的自留地里，都种上了蔬菜。巴掌大一点地方，也舍不得浪费。青菜都长到屋檐下、门槛前了。他后来还发明，在屋顶上长菜。一把种子撒上去，过几日，那茅屋顶上，居然也是嫩绿一片。——青菜也可顶粮食，好度饥荒。

其时，他三十出头，任代课教师。乡下贫穷，十二三岁的孩子，是要当劳力帮家里干活的，哪里有闲工夫上学？再说，也没那个闲钱。他一家一家去游说，说到最后，他拍胸脯保证，不要学费，一日三餐他包了。

冲着那口吃的，不少孩子奔了去，跟着他识字念书。一到饭时，浩荡着去他家吃饭。这么吃着，再大的家业也抵不住啊，何况，他也不富裕。他变卖了家里能变卖的东西，最后，连父亲留给他的一块珍贵的怀表，也给卖了。

好在乡下人实诚，看着他那么撑着，心里感动，偷偷相帮。早上开门，他常在家门口发现一袋子山芋，或是一篮子蔬菜。有时，甚至还会有小半袋子的大米。

一个叫永的男孩子，长得精瘦，体弱。记忆力却惊人，又好学。他诵过一两遍的东西，这孩子就能一字不差地给吟诵出来。他偏爱这孩子，给他开小灶，熬大米粥喝。那会儿，他的妻子正有孕在身，这对他来说，不容易。三十大几的人，终于能抱上孩子了。家里特地养了两只生蛋的鸡，本是要给妻子加点营养的，可最后，鸡蛋却多半进了永的肚子了。

我是在四十五年后，遇见他的。彼时，一二十个老学生，正把更老的他，簇拥在中间。——他们在隆重聚会。当一个老学生，扛着一袋子东北大米到达时，聚会被推向高潮。

扛大米的老学生自我介绍，老师，我是永啊。他打量老学生半天,"哦"一声,是你啊,都长变样了,变得这么壮实。

四十五年前,他只是出于自然本心,害怕知识被荒废,害怕那些乡下孩子被荒废。过后,也没大记心上。可在老学生那里,却一直难以忘怀他的好。恢复高考制度后,这些老学生,是第一批考上大学的。永更是其中的佼佼者,名校毕业后,经一番打拼,现在已拥有一家几千人的大公司。

一年前,永得知这次聚会,立即放下手头繁杂事务,跑去乡下,辟了一块地,留着种水稻。从下种子,到插秧,到灌溉,到除草,都是他亲自上。他说,一定要给老师送上一袋子他亲手种的大米。

老学生们激动地叫嚷,今天沾老师的光,我们就吃这新大米煮的饭。

饭很快煮出来,粒粒圆润透亮,似白珍珠。他吃了满满一大碗米饭,笑着说,这是他吃过的最好吃的大米饭。笑着笑着,眼睛湿了。

我与青春再见时

青春原是一场花开，欢乐或疼痛，都是岁月的赠予。

十六七岁的年纪，是迫不及待要远走高飞的。像一朵花苞苞，就要开了，就要开了，却总也不见开。光阴是缓慢的，缓慢得像教学楼后矮冬青树下，一只慢爬的蜗牛。早上走过时，看它在爬。中午去看，它还在爬，总也爬不到树枝上去。

心是忧伤的。对着一枚叶，看着看着，也会落下泪来。清晨醒来，宿舍还是那个宿舍，教室还是那个教室，操场还是那个操场。教学楼前，一排法国梧桐树，撑着肥圆的叶，不知疲倦地绿着。校园的围墙上，爬满小朵的红，和黄，是些野喇叭花，无比寂静地开着。围墙外，传来敲铁皮的声音。那是不远处的一家小店铺，专卖各种铁桶。赤膊的中年男人成日举着铁锤，敲啊敲，声音单调又寂寥。

我时常望着教室的窗外，发呆，天上飘着淡的蓝，或淡的

192

白。风吹得若有似无。我希望着人生这惨淡的一页，能速速翻过去。是的，惨淡。那个时候，我进城念高中，穿着母亲纳的布鞋，背着母亲用格子头巾缝的书包，皮肤黝黑，沉默寡言，跟野地里的芨芨草似的，又卑微又渺小。城里的孩子多么不同，他们住黛瓦粉墙的四合院。他们穿时髦鲜艳的衣，从青石板铺就的小巷子里，呼啸而出。他们漂亮白净、神采飞扬，不识四时农作物，叫我们乡下来的孩子：泥腿子。

我的神经时时绷着、敏感着，怕被伤了，偏偏时时被伤着。他们一个不屑的眼神、一句轻视的话语，都足以让我手脚冰凉。我变得越发的沉默，低着头走路，低着头做事，恨不得能把头埋到泥地里去。

也总是要上他的课。彼时，他四五十岁，挺拔壮实。肤黑，黑得跟漆刷过似的。据说曾去西藏支教过几年。记得他初来上课时，刚一张口，全班都愣住了，他的声音与他的外表，实在不相称，他的声音尖，且细，跟女人似的。几秒钟后，全班哄堂大笑。城里的孩子尤其笑得厉害，他们兴奋地拍着桌子，哗啦啦，哗啦啦。他在前面怒，眼睛逡巡一遍教室，揪出后排一个张嘴在笑的男生，厉声道，你们这些乡下来的，太没教养了！

虽然他不是针对我，但这句话，却刺一样的，扎进我的心里面，再难拔去。再上他的课，我从不抬头听讲，兀自做自己的事。他上了一些课后，也终于发现我的"另类"，在课堂上当众点名批评，说出的话，如同蹦出的石子儿似的，咯得人生疼。我越发的不喜欢他了。

他后来不再过问我，甚至连作业都不批改我的。一次，他在班上闲话考大学的事，大家踊跃说着理想中的职业。有城里同学看我一眼，大笑着说，她将来适合去做厨师。一帮同学附和着笑。我看到他的眼光不经意地掠过我，又越过去，什么话也没说，一任课堂上笑声泛滥。

是从那一刻起，我在心里发着誓，我一定要考上，给看不起我的人狠狠一击，特别是他。凌晨三四点，我一个人就悄悄起了床，到教室里点灯读书。如此的日复一日，结果，高考时我考了高分，他任教的一门，我考了年级第一名。

多年后，高中同学聚会，请来当年的老师，其中有他。他早已不复当年的挺拔，身子佝偻，双鬓染霜，苍老得厉害。这让我意外，想来他也不过六十来岁，何以会如此衰老？他在一帮同学的簇拥下，站到我跟前。同学让他猜，老师，她是哪个？他看定我，笑着摇摇头。同学提醒他，老师，她是当年我们班作文写得最好的那个，叫丁立梅啊。他看着我，还是抱歉地摇摇头，眼神天真。

有同学悄悄对我耳语，老师失忆了。我一惊，突然想落泪。多年来，我极少回顾青春，以为那是我人生里的一道暗疮。可现在，我却多么愿意走回去，他还在讲台上挺拔着，我还在讲台下稚嫩着。教学楼前的梧桐树上，还有雀儿在跳得欢。

青春原是一场花开，欢乐或疼痛，都是岁月的赠予。因为经历了，我们才得以成熟，所以，感谢。我上前挽起他，我说，老师，我们合个影吧。相机上，我的笑容，映着他的笑容，当年的天空，铺排在身后。

水烟袋里的流年

那样的时光，真是静和悠长。

每次回老家，我都要翻箱倒柜一通，寻些旧物件。

从前穿过的小衣裳小鞋子，习过字的练习本，画过画的纸，翻到了，我都如获至宝。——我曾穿着这些小衣裳小鞋子，在村庄的矮墙边跳绳；或在宛如水蛇般的田埂道上，追着鸟雀奔跑；我曾趴在小屋的煤油灯下，一笔一画，学写自己的姓名；我曾照着土墙上贴的仕女图，画古代女子，步摇乱插……生命的轨迹，清清楚楚地，都印在这些旧物件上的。唏嘘之余，只剩感恩，这些时光，我都曾一一走过。人生真正的拥有，是经历。

这一次，我翻到了水烟袋。

是的，一管水烟袋。白铜的，沉甸甸的。盛水斗的一面镂刻着梅花，一面镂刻着菊花。历经经年，上面的梅和菊，依然盛开盈盈。烟管上，竟也盘着些枝蔓和小花，很有雅趣。这是祖父的水烟袋。祖父是个风雅之人，一生不事农活，花鸟虫鱼倒是养了不少。

水烟袋被搁在了旧橱柜里，上面叠着一床旧棉被。我捧它在手，陈年的烟叶气味，扑鼻而来。那里面混杂着祖父的气味，父亲的气味，村人张木匠、王大个、李会计等人的气味。

一场突如其来的雨，让在我家附近地里劳作的村人，都跑进我家避雨。他们赤着脚，裤腿卷得高高的，一二三四五，或坐或蹲，很快把我家小屋挤满了。祖父或父亲，会装上水烟袋，招待他们。水烟袋从这个人手里，递到那个人手里。他们话语很少，只埋头咕噜咕噜吸食，半眯着眼。一圈递下来，那雨，竟是止了。他们拍拍手，站起身来，笑一笑，心满意足地走了。

或是夏夜纳凉，他们三三两两地来，坐在我家屋门口。水烟袋照例从这个人手里，递到那个人手里。暗影里，有一星点红，在他们的鼻翼处跳跃。烟草的味道，弥漫开来，咕噜咕噜的声音，绵长得很。他们劳累的筋骨，疲乏了的身子，又泛起活力来，他们开始谈笑起来，笑声很大。

我二姨奶奶也好吸水烟。二姨奶奶在离我家三十里外的另一个村庄。二姨爹早早故去，她膝下无子，一个人住两间草棚。这样的人，被叫作"缺后代"。听闻缺后代的人，脾气都古怪，性子要强，爱骂人。这个二姨奶奶，也被这样传说着，弄得我们小孩都怕她。虽她百般亲近我们，我们还是怕她。

她常来我家走亲戚。她来，祖母就捧了水烟袋递给她。她坐在我家桃树底下，咕噜咕噜吸。有时，花开满树。有时，有青果闪烁在青青的叶间。有时，是一树光秃秃的枝丫。那是冬天了，太阳光从树枝上筛下来，覆盖在她的身上，闪闪发光。她瘦小的身子，坐在一圈光里面，吸溜吸溜，脸色温润。旁边坐着我祖母，姊妹二人话些家常，说些她们的过去，那些我们小孩所不知道的人和事。

那样的时光，真是静和悠长。烟草叶的味道，在空中久久飘散着，闻上去，竟很香的，有野草的香气。叫人安心。

这个姨奶奶晚年光景有些凄凉，一个人悄没声息地在床上过去了。床旁边，搁着她的水烟袋，里面还装着未抽完的烟丝。

我跟父亲要了这管水烟袋。我把它带回城里，摆在我的书架上。它与我的书架，竟十分熨帖，很古朴悠远。

闲花落地听无声

细雨湿衣看不见，闲花落地听无声。有多少的青春，就这样，悄悄过去了。

黄昏。桐花在教室外静静开着，像顶着一树紫色的小花伞。偶有风吹过，花落下，悄无声息。几个女生，伏在走廊外的栏杆上，目光似乎漫不经心，看天，看地，看桐花。其实，哪里是在看别的，都在看郑如萍。

教学楼前的空地上，郑如萍和一帮男生在打羽毛球。夕照的金粉，落她一身。她穿着绿衣裳，系着绿丝巾，是粉绿的一个人。她不停地跳着、叫着、笑着，像朵盛开的绿蘑菇。

美，是公认的美。走到哪里，都牵动着大家的目光。女生们假装不屑，却忍不住偷偷打量她，看她的装扮，也悄悄买了绿丝巾来系。男生们毫不掩饰他们的喜欢，曾有别班男生，结伴到我们教室门口，大叫："郑如萍，郑如萍！"郑如萍抬头冲他们笑，眉毛弯弯，嘴唇边，现出两个深深的酒窝。

"贱。"女生们莫名其妙地恨着她，在嘴里悄骂一声。她听到了，转过头来看看，依然笑着，很不在意的样子。

却不爱学习。物理课上，她把书竖起来，小圆镜子放在书里面。镜子里晃动着她的脸，一朵水粉的花。她对着镜子里的自己笑。物理老师终于忍无可忍，摔了她的镜子。隔天，她又带一面小圆镜子来。

也折纸船玩。折纸船的纸，都是男生们写给她的情书。她收到的情书，成扎。她一一叠成纸船，收藏了。对追求她的男生，不说好，也不说不好。常有男生因她打架，她知道了，笑笑，不发一言。

老师们对她很不喜欢。全校大会上，校长拿她当反面教材，说某些学生早恋，再这样下去，学校要严肃处理的。大家偷眼看她，她面上全无羞愧之色，仰着脸听，微微笑着。放学后，照例和男生们打成一片，一起打羽毛球，一起骑着单车，穿过整条街道。风吹起她的长发，吹起她的衣袂，她看上去，像只扑着翅奋飞的小鸟。

高三时，终于有一个男生，因她打了一架，受伤住院。这事闹得全校沸沸扬扬。她的父母被找了来。当着围观的众多师生的面，她人高马大的父亲，狠狠掴了她两巴掌，骂她丢人现眼。她仰着头争辩："我没叫他们打！我根本不知道他们打架！"她的母亲听了这话，撇了撇薄薄的嘴唇，脸上现出嘲弄之色，说："苍蝇不叮无缝的蛋，你整天打扮得像个妖精似的，招人呢。"

我们听了都有些诧异，这哪里是一个母亲说的话。有知情的同学小声说："她不是她的亲妈，是后妈。"

这消息令我们震惊。再看郑如萍，只见她低着头，轻咬着嘴唇，眼泪一滴一滴滚下来。阳光下，她的眼泪，那么晶莹，水晶一样的，晃得人疼。这是我们第一次看见她哭。却没有人去安慰她，潜意识里，都觉得她是咎由自取。

郑如萍被留校察看。班主任把她的位子，调到教室最后排的角落里，与其他同学，隔着两张学桌的距离，一座孤岛似的。她被孤立了。有时，我们的眼光无意间扫过去，看见她沉默地看着窗外。窗外的桐树上，聚集着许多小麻雀，叽叽喳喳欢叫着，总是很快乐的样子。天空碧蓝碧蓝的，阳光一泻千里。

季节转过一个秋，转过一个冬，春天来了，满世界的花红柳绿，我们却无暇顾及。高考进入倒计时，我们的头，整天埋在一堆练习里，像鸵鸟把头埋进沙堆里。郑如萍有时来上课，有时不来，大家都不在意。

某一天，突然传出一个震惊的消息：郑如萍跟一个流浪歌手私奔了。班主任撤掉了郑如萍的课桌，这个消息，得到证实。

我们这才惊觉，真的好长时间没有看到郑如萍了。再抬头，教室外的桐花，不知什么时候开过，又落了，满树撑着手掌大的绿叶子，蓬蓬勃勃。教学楼前的空地上，再没有了绿蘑菇似的郑如萍，没有了她飞扬的笑。我们的心，莫名地有些失落。空气很沉闷，在沉闷中，我们迎来了高考。

十来年后，我们这一届天各一方的高中同学，回母校聚会。我们在校园里四处走，寻找当年的足迹。有老同学在操场边的一棵法国梧桐树上，找到他当年刻上去的字，刻着的竟是：郑如萍，我喜欢你。我们一齐哄笑起来，"呀，没想到，当年那么老实的你，也爱过郑如萍呀。"笑过后，我们长久地沉默下来。

"其实，当年我们都不懂郑如萍，她的青春，很寂寞。"一个同学突然说。

我们抬头看天，天空仿佛还是当年的样子，碧蓝碧蓝的，阳光一泻千里。但到底不同了，我们的眉梢间，已爬上岁月的皱纹。细雨湿衣看不见，闲花落地听无声。有多少的青春，就这样，悄悄过去了。

我曾如此纯美地开过花

我望见了我柔软的青春，不后悔，不遗憾，因为我曾如此纯美地开过花，对岁月，我充满感恩。

那年，我高考失利，托了关系，辗转到邻县一所中学去复读。那所中学在城里。乡下孩子，脚上穿着母亲纳的粗布鞋，身上穿着母亲缝的粗布衣，走进城里，心里是藏着很多自卑的。我除了用功读书外，再没有什么可依托的，总是独来独往。

学校周围，住一些人家。小门小院，家家门前长花长草，还长一些泡桐树。树高大得很，枝叶儿密密地掩了人家的房。四五月的时候，泡桐树开花，看不见叶，只有一枝一枝淡紫的花，环绕在房子上方，像给房子戴上了花冠。我喜欢在清晨，捧了书，跑到那些树下读。那个时候，我也成了大自然中的一个，忘了乡下孩子的自卑，我变得很快乐。

那一天，我照例捧了书去读，突然遇见那个男孩。我起初并没有看到他，我正埋首在我的书里面，是他差点撞到了我。我抬头，尴尬地"啊"了声。他吃一惊，转过脸来，我看到霞光在他脸上，镀一层橘色光芒，他望上去，真是花朵一般清洁着的一个人。

　　他不好意思冲我笑了，点点头，又继续他的运动。一袭白衣，黑发飞扬。

　　这以后，我在清晨读书时，总会遇见他，一袭白衣，迎着朝阳跑过来，身上有泡桐花的影子在晃。他跑过我身边，会放慢脚步，对我微笑着点点头。我装作不在意地回他一个笑，心里头，却有头小鹿在跳。

　　后来在学校，人群里相遇，他显然认出了我。隔着一些人，他递给我一个笑，温润的，熟稔的，有某种默许似的。我的脸，无端地红了，也还他一个笑。却自始至终，我们都不曾说过一句话。

　　我的梦里，开始晃动着一个影子。很多的时候，看不真切，像远远开着的一树花，一团的白。我开始嫌自己不够漂亮，对着镜子，把清汤挂面样的头发，拨弄了又拨弄。母亲纳的布鞋，母亲缝的布衣，多么让我难堪！我变得很忧伤很忧伤。那些捉不住的忧伤，雾霭般的，渐渐飘满了我的日子。

　　泡桐花快落尽的时候，我得回我的家乡参加高考。走的那天清晨，我依然捧本书，跑去那些泡桐树下读。那个男孩，也依然来晨跑。他跑过我身边时，一如既往地放慢脚步，冲我微笑着点点头，复又渐渐加速跑远。时光仿佛永远就是那样的，浸着花香，散发着橘色的光芒。但我又清楚地知道，它不是的，它就要变成没有了。我的疼痛，一瞬间击中我。那个清晨，我流泪了。我很想很想对他说一声再见，但最终什么也没说。

我不知道那个男孩的名字，甚至都没仔细看清过他的长相，但他那一袭白衣，隔了再远的岁月，我都还记得。每年，泡桐花盛开的时候，我自然而然会想起他。我会痴痴发上一会儿愣，而后微笑起来。我望见了我柔软的青春，不后悔，不遗憾，因为我曾如此纯美地开过花，对岁月，我充满感恩。

一个电话，十个春天

　　我们都不可避免会陷入孤独，但只要人世间有爱在、有善良在、有朋友在，就会有春暖花开。

　　我是先认识他的文字，再认识他的人的。他的文字，都是有关草原有关风雪的。读他的文字，我不可抑制地在脑中勾勒这样的景象：黄昏。风。无垠的旷野。一棵树——就那么一棵树，孤零零的。风吹动它的每一片叶子，每一片叶子，都在骨头里作响。天高路远，是永不能抵达的模样……

　　后来通过一个朋友，我们真正相识了。也仅仅是在电话里。电话隔了万水千山，他的声音挟裹着风雪，挟裹着草原的莽莽苍苍，撞进我的耳里来，如暗夜里的埙。他说，谢谢你。我在电话这头就笑了，我说谢我什么呢？有什么好谢的？我只不过倾听了一下，倾听了一下而已。

　　故事谈不上有多曲折，是一个男人为了生计而奋斗的经

206

历。他早先开过茶馆，在一个小城里混得有型有款的。但商海浮沉，人不过是其中的一叶扁舟，一个浪头打过来，也许就招架不住了。他不幸被浪击沉，被迫远走他乡，到了几千里外一个叫江仓的草原。那里，春天总是来得很晚很晚，冰凌好像永远也不会融化。一天到晚，唯有风吹过耳际，几百里了无人烟，风就那样无遮无挡地吹啊吹，吹得人的骨头里都浸满瑟瑟的孤独。

是的，是孤独。他说。无数的黑夜，他躺在帐篷里，听风吹，心里空空如荒野，苦难是深不见底的一口井，幸福离得很遥远。眼泪，不知不觉滑下来，在脸颊两侧凝结成冰。都说柔情似水，水这时却失了水的温柔。那种伤怀，是蚂蚁啃骨头般的。

那不是我的泪，他强调，真的，那不是我的，那是黑夜的眼泪，它根本不受我的控制，它落下来。说到这儿，他笑起来，苦涩地。

我静静听，我听见孤独，像一只流浪的小狗，呜咽着。人世间，最让人不能消受的，不是巨大的伤痛，而是孤独。

好在他并不颓废。他坚持写文字，白天做工，晚上写作。他至今还不会电脑，不会上网。所有的文字，都是一笔一画在纸上写成。那时，他把蜡烛插在泡沫板上，泡沫板放在他弓起的膝上。夜深，世界孤寂成一顶帐篷。蜡烛在流泪，一滴一滴，溅落到他的字上，凝固成冰冷的花朵。红的，白的，如敛翅的蝴蝶。

一个寻常的夜晚，我突然想起他来，想起他就拨了一个电话过去，在我，这是很轻而易举的事。他那边的反应却很强烈，是感动复感动了，连声对我道谢。他说，有朋友牵挂着，真幸福。电话搁下后不久，他发来一个信息，信息里只有八个字：一个电话，十个春天。

这下轮到我感动了，我不知道我轻易的一个举动，竟能送他十个春天。我立即找出电话簿，把久未通音讯的朋友，一个一个问候到了。朋友们很意外，高兴非常，我也很高兴，我们有着千言万语。空气中弥漫满了温馨，百合花一样地，幽幽吐芳。是的，一个电话，十个春天。滚滚红尘之中，我们都不可避免会陷入孤独，但只要人世间有爱在、有善良在、有朋友在，就会有春暖花开。

从未走远

有时的沧海桑田，也不过是几十年的事情，但终究，还是得到安慰。

我跟我爸说，我打算去从前的小学看一看。

那会儿，我和我爸，正坐在老家的屋门前聊天。不远处，丝瓜花趴在一垛草堆上窃笑，南瓜藤攀爬到一棵桐树上。

我爸听着一愣，笑了，你怎么突然想去看这个的？那地方，早就没啦。

我明白我爸说的"没啦"是什么意思。离家数十载，这样的"没啦"，在我的乡村，时时上演着——别离，乃至消失，人渐稀少，物已全非，都不是昔日模样了。

但我还是决定前去。

记忆里，从家到学校，是要经过两条河的。两座褐色木桥，架在其上。河岸边，人家的房，一幢挨着一幢，都是茅草屋。岸边长芦苇、垂柳，和各色各样的野花。也有一两棵野桃树，夹杂在其间。春天，野桃树撑一树粉粉的花，惹得蜂飞蝶舞。我们上学放学，总是一路走、一路玩，捉捉蝴蝶，摘摘野花，日影儿长着呢。

有时会半路遇雨。不怕。随便哪家的屋檐，都可以避雨。那家人会问，你是谁家的伢呀？我答，志煜家的。那家人就笑了，哦，原来是四队志煜家的二丫头呀。随手递过一只水萝卜来，给我吃。——乡里乡亲的，真没一个不熟悉的。

学校没有围墙，从任何一个方向，都可以畅通无阻地进入。两排青砖红瓦房，一前一后，坐北朝南，是当时村子里最气派的建筑了。周围是村庄和农田。人家养的鸡，常大模大样的，到学校的操场上来散步。猪也跟着来，羊也跟着来。猫和狗，那就更不用说了，它们时不时地，会溜进教室里听课。听得不耐烦了，尾巴一甩，走啦。

一二年级时，老师教识字的方式很有趣。上识字课，一般是不大待在教室里的。老师会领着我们去隔壁人家，拿起挂在墙上的镰刀，教我们读写"镰刀"。拿起靠在墙角落的锄头，教我们读写"锄头"。一转身，望见大门口搁着的扁担，又教我们读写"扁担"。也常把我们带去地里，读写麦子、玉米、棉花、水稻、黄豆、向日葵，如此等等。我们最初认识的字，是先从农具和庄稼开始的。

教我们的老师，也都是本村人。放学了，他们就是一地道的农民。田间地头，常常会遇见他们，担着一担的粪，裤腿卷得高高的，与旁的村人，并无两样。但因是老师，我们还是有些惧怕的，遇见了，会远远躲开去。

我们的同学，也都是打小就一起玩着的，熟悉得很。也有兄弟姐妹在一个班级读书的，也有叔叔和侄儿在一个班级读书的。那叔叔竟比侄儿还小，被侄儿欺负了，躺在地上大哭。老师见着了，训他，没羞，你还是个做叔叔的呢！

教室门前，长一棵苦楝树。春天有紫粉的小碎花，飘落一地。花落后，结累累一树果实。果实小，圆溜溜的，味苦，麻雀们饿极了也不去啄食。男孩子的口袋里却装满它，用弹弓射着玩，互相追逐着打闹。果子打在人身上挺疼的，由此常引发吵架，甚至打架事件。吵完了打完了，他们继续捡这些小果子，一起用弹弓射着玩。——年少的所谓恨，是不过夜的。

我顺着记忆，走到那里。正如我爸所言，小学的一丁点影子，都没有了。那里，已变成一片庄稼地。地里有劳作的农人，远远问我，你是来寻小学的吧？

我惊讶，问，你怎知？

哦，常有人来寻的。前几天，还有夫妻两个，带了孩子来，一家三口，站在这田边上拍了好几张照片呢。

是吗？我微笑。心里漫上一种说不清的情绪。有时的沧海桑田，也不过是几十年的事情，但终究，还是得到安慰。因为，记忆的一角，会永远留着它们的位置，让灵魂的回归，有迹可循。

一方水土养一方人

一方水土养一方人，诚然如斯。

酥儿饼

我的家乡富安人说话，带着好听的儿话音。譬如说花，我们不说"花"，而是说"花儿"。说草，我们不说"草"，而是说"草儿"。舌尖轻轻一卷，那个"儿"字，像带了尾音的哨声似的，轻轻吐出。生硬的地方方言，立马变得柔软起来。

外地人初听，不懂。譬如说酥儿饼，他们会问，哪个"酥"？哪个"儿"？其实，这饼的叫法，直白得不能再直白了，因为层层起酥，所以叫"酥饼"。但富安人说话都带着儿话音呀，酥饼就成"酥儿饼"了。

酥儿饼是富安人的传统茶点。相传，当年乾隆皇帝下江南，路过此地，品尝到这一茶点，赞不绝口。酥儿饼的名声，从此传播开去，成为富安人的骄傲。

说来也奇，这种小饼，只富安人做得，外乡人明里暗里学着做，却鲜有成功的。有的做出来形似，但味道，比起正宗的富安酥儿饼，可就差远了。所以很多外地人，想吃正宗的富安酥儿饼了，都会不远百里千里，专程跑到富安老街去。

酥儿饼并不是一年到头都有得吃的，它的供应，集中在每年春节前后，可持续到清明。就像花有花期一样，只有等到花期，你才有花可赏。这叫念想。酥儿饼也有饼期的。我想，勤劳朴实的富安人，在这小小的饼里面，一定也寄托了这样的念想。人生有所等待、有所期盼，才有意思的吧。

酥儿饼的做法，貌似不复杂，主料是面粉，揉成团后包馅。馅有咸、甜两种，咸的馅由鲜肉、葱花、盐和味精调制而成。甜的馅由赤豆沙、桂花和蔗糖调制而成。包好的面团，放到油锅里煎。煎成后的酥儿饼，像一朵朵微开的金菊，花瓣羞涩地舒展，欲开不开。从里到外，层层起酥，入口酥松香脆。

功夫是在手底下的，这揉面，这做馅料，这油温，哪一样都要拿捏到位。做饼的老师傅，揉着手上的一团面粉，抬起花白的头，冲我微微一笑。他做酥儿饼已 46 年。他祖上的祖上，就是做这个的。

粉皮汤

几乎每个老富安人，都会摊粉皮。

我小时候的印象里，祖母最拿手的菜，就是做粉皮汤。每到饭时，祖母会在一个瓷钵子里，放上一点山芋粉，用清水调匀。饭锅里的水刚好烧沸，祖母把瓷钵子放到沸水里，用手快速转动瓷钵子，转呀转呀转，山芋粉便均匀地在钵底钵沿摊开、凝固。眨眼工夫，粉皮成了。揭下来，放在案板上晾一晾。薄薄的一层，光滑、透明，照得见人影儿。祖母总是很得意地说，我摊的粉皮，像仿纸。

晾好的粉皮，被切成一片一片，和了蚕豆瓣一起煮汤。或随便抓一把咸菜放里面。烧出来的汤，白而黏稠，鲜美无比，打嘴不丢。富安人有句话来形容它，富安的粉皮赛鱼皮。一顿饭，别的菜不用做，只做这一样，就可以让你多吃上两碗饭。

成年后，我很少再回家。祖母也故去了，粉皮汤终成了记忆。有一次，我想得厉害，就买来山芋粉，自己尝试着做，循着记忆中祖母的做法。居然摊成了。薄薄的一层，光滑、透明，照得见人影儿。我想起一些旧时光来：午时的阳光，照着门前的一丛大丽花。祖母把摊好的粉皮，对着光亮处照一照，祖母的脸，在里面晃。祖母得意地说，我摊的粉皮，像仿纸。

214

青春原是一场花开，
欢乐或疼痛，都是岁月的赠予。

细雨湿衣看不见，闲花落地听无声。

有多少的青春，就这样，悄悄过去了。

人生中，有些影响，是根深蒂固的，是烙在骨子里的。无论你走多远、走多久，也不会丢失。

鱼汤面

鱼汤面常见，好多地方都有。但富安的鱼汤面，称得上一绝。

"绝"，首先绝在熬汤的鱼上。鱼是取的野河里的小鲫鱼。富安人认为的野河，是指少有人到过的河，它只管自在地流来流去，少喧闹，少污染，恬恬然。这样的河里，生长的鱼，也是恬恬然的，肉质格外鲜嫩。

有心的饭店老板，傍晚去野河里下网捕鱼，清水养着。凌晨三四点，起床取鱼，剖肚洗净，用猪油下锅，沸至八成。陆续放鱼入锅炸爆，起酥捞起。将炸过的鱼，连同猪骨头，加入河水慢慢熬，熬出稠汤，葱酒去腥，再用细筛过滤清汤。放入虾米少许。撒入切碎的香菜，奶油样的面汤上，便浮起一点点翠绿，格外好看。面用的是上等细面，下至八九分熟，捞起，浇上滚烫的鱼汤。这样的鱼汤面，鲜美、香醇，吃上一口，唇齿留香。食客们早就候着了，有人为吃上第一锅鱼汤面，五点多就起床来排队。

有富安人在外地，想把富安的鱼汤面，推广到外地去。他按家乡的做法做了，熬汤的鱼，也是选的野鲫鱼，却做不出家乡的味道来。后来，他托人从富安带去一桶河水，这鱼汤，才算做成了。原来，离了富安的水，那鱼汤就不是富安的鱼汤了。

一方水土养一方人，诚然如斯。

昨日重现

昨日的美好，都曾有过啊，于是人生完满起来。

第一次听到卡伦·卡朋特演唱的《昨日重现》时，我在读高中。年轻的英语老师说，给你们放首英文歌听吧。于是，我听到了卡伦·卡朋特的声音，在碎碎的夕阳里，慢慢地铺开来。如一袭华美的毯子，上面罩满高贵的忧伤。

这是一种逼人的气质。虽然彼时彼地，我根本不知道卡伦·卡朋特是何许人，根本听不懂她唱的是什么，但那声音，却势不可挡地直抵我的灵魂，光芒四射。

重听这首歌，已相隔了十来年。所谓弹指一挥间，也不过是听一首歌的距离。十来年的时间，她的声音还飘荡在那优美的旋律里，一遍一遍地唱道："听到爱情之歌，我会随之吟唱，诵记歌中的每字每句……"而听的人，却已经老了。

她的声音里有我们熟悉的味道，亲切、柔软，是小时吃过

217

的年糕，是居家时枕惯的一方棉布枕巾。我们在红尘中走倦的心，渐渐地在那声音里安静下来，"当我还小的时候，我爱听收音机，等着那些我喜欢的歌。当它们响起，我会跟着一起唱……"你有过这样的好时光么？自然有过，所以，你把她当知己。

舒缓的曲子，醇厚的声音，又像一块方糖融入咖啡，泛起甜蜜的忧伤。幸福的感觉，大抵都有些忧伤的吧。窗外的阳光，羽毛一般，轻轻落下。一盆吊兰，在阳光下舒展。鸟的影子，掠过窗前。时光是这样的安详，所谓的地久天长就是这个样子吧？此生此世，我都在这里。此生此世，爱都守在这里。

曾看过一部老片子。片子中的男女主人公，年轻的时候相遇、热恋。他们一起去野外游玩，野菊花开满山坡。他们坐在山坡上，坐在花丛里，像花儿对着花儿。他们一起去看海，海风把她的发丝，吹扬到他的脸上，他低头凝视她，一眼的对望里，有着山盟海誓。他们一起在风中大声歌唱。一起迎着夕阳奔跑。一起弯腰逗过街角的一条狗。一起数望过满天星斗。

然而，战争爆发了，他去了前线，她留在后方，他们被迫分离。再相逢，都已是白发苍苍。背景是从前的野外，野菊花仍是满山坡地开着。他们四目相对，有泪，慢慢盈满眼眶，却都笑着。许久之后，男主人公忽然一指那些野菊花，对女主人公说："你看，野菊花们开得还是那么好。"女主人公轻轻答一声："是啊。"

远方，蓝天，野菊花……故事至此，戛然而止。我以为，再没有什么结局比这更温馨的了。所有的颠沛流离又算得了什么？你看，一切都还没变，野菊花们还在开着，还是昨日的样子，这才叫人感激不已！

陪一个老太太聊天。老太太在阳光下晒太阳，说起她年轻时的事，她核桃般褶皱的脸上，笑出一朵花来。她说："你不知道呀，我年轻时，手可巧呢，会绣花，在鞋面上绣，在衣裳上绣，在枕头被面上绣，把花都给绣活了。"她浑浊的眼睛，凝望着远方，那里面，渐渐现出绵长的光芒来。

我们不再说话，一任阳光静静地飘落。"所有美好的回忆，再现我的脑海，如此地清晰，使我伤心落泪，犹如昨日重现。"有些惆怅，惆怅得心满意足。昨日的美好，都曾有过啊，于是人生完满起来。

有一刻，总有那么一刻，我们的心，别无所求，纯净得如同婴儿。

那些远去的农具

黄昏，弯弯曲曲的田埂上，走着几个孩子，他们挎着竹篮，扛着草耙，小小的身子上，驮着夕阳的影子。

石磨

石磨，石制工具。由两扇圆石组成，一上一下放置，中有铁轴相连。在两扇圆石的接触之处，都凿有槽痕，用以磨碎谷物。

过去大户人家，有专门的磨坊，使了驴子拉磨。驴子被蒙上双眼，套在石磨上，活动半径只有石磨那么大。可怜的驴子绕着石磨转啊转啊，一天天，一年年，直至老死。最后，能把磨坊的地，给塌陷下去尺把深。

我没见过驴子。到我有记忆时，村里家家都穷，都是人拉磨。我们家也是。

晚上，刚喝过稀饭，我和姐姐浑身是劲，握了石磨的拉杆，拼命牵拉，石磨跟在后面快速转动，咯吱咯吱，咯吱咯吱。负责添料的祖母，一边手忙脚乱地给石磨添料，一边说，伢儿啊，悠着点，远路无轻担啊。

祖母的话，很快得到应验，一二十圈下来，我们已精疲力竭，牵拉的速度慢下来。稀饭不顶饿，饥饿跟着来了。夜深人静，也瞌睡。石磨"跑"不动了。

祖母给我们长精神，祖母说，磨完这桶玉米，明天给你们烙玉米饼吃。

那时，口粮实在紧，到第二天，未必真的有玉米饼吃。但我们还是被玉米饼刺激得睁大眼睛，强打起精神，又把石磨拉得飞快。

风从门缝里挤进来。桌上，煤油灯的灯芯，像一根绒草，晃啊晃的。人的影子，便在土墙上不停地跳着舞。石磨一圈复一圈地转动着，咯吱咯吱。祖母的声音，隔得遥远，祖母说，再磨两圈，明天给你们烙玉米饼吃。我们模糊地答，哦。

草耙

耙是农家必备的农具之一，用于翻地。收获地底下结果的作物，如山芋、胡萝卜等，也离不开耙。兵器中也有耙，像《西游记》中猪八戒整日里扛着的，就是耙。铁器家伙，耙齿都锃亮锃亮的，看上去就蛮吓人。

草耙温和多了。由竹制作而成，柄是竹子的，耙齿亦是竹子的。它是专门用来搂草的。

那个时候，不单粮食匮乏，草也匮乏。家家都是土灶，一口大锅，既煮人吃的，也煮猪吃的。草不够烧，便扛了草耙，到处去拾草。这活儿不重，基本上都交给孩子做。

村子里，整天便晃动着一群孩子，五六岁到十来岁不等，人人肘挎竹篮、肩扛草耙，在沟边渠边转悠，两眼紧盯着地上。地上可真叫干净，草屑儿几乎落不下一粒，全被草耙子给搂走了。我们也曾因抢一捧草而打起来，拿草耙跟草耙格斗。还好，草耙到底是温和的，再格斗，也伤不到哪儿去。

多年后，我的脑海中挥之不去的，是这样的景象：黄昏，弯弯曲曲的田埂上，走着几个孩子，他们挎着竹篮、扛着草耙，小小的身子上，驮着夕阳的影子。

碌碡

每家都有这么一个碌碡，石头的，圆柱形，粗粗的，笨笨的。两头套上套索，牛拉，后面男人挥着鞭子赶，在铺满小麦或水稻的场地上，一圈一圈走。碌碡碾过的地方，麦粒或稻粒脱落下来。

村里男人比力气，打赌，谁能把碌碡举过头顶，就赢20个馒头。结果，一个叫王二愣子的光棍汉，双手捧起碌碡，在一片惊叹声中，举过头顶去。他赢了20个馒头，当场一个一个吃下去，惊呆了一场的人。好长时间，村人们的谈论里，都离不开王二愣子和20个馒头。大家都把他当作了不起的人。

六月天，队场那头老黄牛，拉着碌碡，在铺满小麦的晒场上，昏头昏脑地走。无风，阳光白花花，四野寂静，只有碌碡的声音，吱吱呀呀碾过。赶牛的鳏夫胡二，寂寞了，扯开嗓子大声吆喝老黄牛，喝！喝！阳光被他吆喝得四下飞溅，四野越发寂静。

这么些年过去，赶牛的胡二，早已故去。队场的碌碡，不知去了何处。我回老家，看到我家的碌碡，被弃于屋后，上面爬满绿苔。它的身下，却探出几朵粉红的凤仙花，在岁月的微风里，笑盈盈。

左手月饼，右手莲藕

普天下的母亲，一生的付出，等待的，不过是这一刻的回报——儿女还把她记在心上。

儿子不喜欢吃月饼，从他会吃饭起，一应的食品，五彩纷呈，哪里有月饼的位置？跟他讲我小时对月饼的向往，好不容易诱他吃一口，他无比艰难地咀嚼，而后一句："妈妈，这月饼真难吃。"我望着精心选购的月饼，有草莓馅的，有桂花馅的，有肉松馅的……只只都精致得很，家人却不爱。其实——我也不爱吃了。

小时的记忆，却刀削斧刻般的。渴盼月饼的心，到了中秋，就成了一只振翅飞翔的鸟，满世界里飞。再穷的人家，也要买几只月饼应应节的。月饼摊在桌上的一张牛皮纸上，金黄的，层层起酥，上面点缀着五仁和桂花。一二三四五，六七八九十，我们把这个数字数了又数，希望多出一两只来。但是没有，每年都是这么多，六只月饼送外婆，四只月饼留给我们兄妹几个分了吃。

母亲把送外婆的月饼，也是数了又数，然后用牛皮纸包好。牛皮纸外面，渗出诱人的油渍，香得缠人。我们守在一边，巴巴地等着母亲一声令下："给外婆送去。"这简直是天籁啊，我们争先恐后的，提着母亲包好的月饼，还有几节莲藕，一溜烟向外婆家跑去。

这其中的好处，我们兄妹几个都心知肚明的，虽然母亲在身后追着叫："不要吃外婆的月饼啊。"嘴里答应着："哦。"心里想的却是，外婆哪会吃月饼呢，外婆说她不喜欢吃的。

矮矮的外婆，每次接了月饼，都笑眯眯挨个摸我们的头，然后闻闻月饼，给我们一人一只。我们起初佯装不肯要，但小手早已伸出去了，可爱的月饼，就躺到了我们的掌上，泛着好看的光泽。哪里能抵挡得了它的甜蜜？轻轻咬一口，再咬一口，满嘴生甜。吃得小心而奢侈。吃完，外婆再三叮嘱我们："不要告诉妈妈呀，就说外婆全收下了。"我们齐齐答应："好。"那一刻，我们爱极了矮矮的外婆。

但还是被母亲知道了，因为我们嘴上有消不去的月饼的味道。母亲说："又吃外婆的月饼了？"我们吓得不吭声。母亲沉下脸，伸出手来，要打我们，但不知怎么又在半途缩回去。她叹口气，摇摇头，"外婆老了，你们以后的日子还长着呢，会有好多的月饼吃啊。"

这话让我记了很多年，有些事情可以等，有些则不可以，比如月饼。我现在有钱了，可以成盒成盒地买，而我的外婆，却永远吃不到了。成家以后，我也给母亲送月饼，在中秋的时候。母亲或许也不爱吃月饼了，但当我左手月饼、右手莲藕归家的时候，我的母亲总会开心得像个孩子，她屋里屋外穿梭着，手忙脚乱地给我们张罗吃的，神情里，都是满足和开心，像我当年渴盼月饼时一样。想普天下的母亲，一生的付出，等待的，不过是这一刻的回报——儿女还把她记在心上。

你还记着她，这对一个母亲来说，就是大幸福了。

心上有蜻蜓翩跹

她的心上，有蜻蜓舞翩跹。夕照的金粉，铺得漫山遍野……

初冬的天，雨总是突然地落，绵绵无止境。

她在教室里望外面的天，漫天漫地的雨，远远近近地覆在眼里、覆在心上。那条通向学校的小土路，一定又是泥泞不堪了吧？她在想，放学时怎么回家。

教室门口，陆陆续续聚集了一些人，是她同学的父亲或母亲，他们擎着笨笨的油纸伞，候在教室外，探头探脑着，一边闲闲地说着话，等着接他们的孩子回家。教室里的一颗颗心，早就坐不住了，扑着翅要飞出去。老师这时大抵是宽容的，说一声，散学吧。孩子们便提前下了课。

她总是磨蹭到最后一个走。她是做过这样的梦的，梦见父亲也来接她，穿着挺括的中山装（那是他出客时穿的衣裳），擎

227

着油纸伞，在这样的下雨天。他高大的身影出现在教室窗前，灰蒙蒙的天空也会变亮。穷孩子有什么可显摆的呢？除了爱。她希望被父亲宠着爱着，希望能伏在父亲宽宽的背上，走过那条泥泞小路，走过全班同学羡慕的眼。

然而，没有，父亲从未出现在她的窗前。那个时候，父亲与母亲的关系有些僵，常年不在家。父亲去了很远很远的工程队，和一帮民工一起挑河。

她脱下布鞋，孤零零的一个人，赤着脚冒雨回家。脚底的冰凉，在经年之后回忆起来，依然钻心入骨。

父亲不得志，在他年少的时候。

算得上英俊少年郎，在学校，成绩好得全校闻名。又，吹拉弹唱，无所不会。以为定有好前程，却因家庭成分不好，所有的憧憬，都落了空。父亲被迫返回乡下，在他十六岁那年。

有过相爱的女子，那女子在方格子纸上，用铅笔一字一字写下：我喜欢你。好多年后，发黄的笔记本里，夹着这张发黄的纸片。那是父亲的笔记本。

父亲对此，缄口不提。

与母亲的婚姻，是典型的父母包办。那时，父亲已二十三岁，在当时的农村，这个年龄，已很尴尬。家穷，又加上成分不好，女孩子们总是望而却步，所以父亲一直单身着。

长相平平的母亲，愿意嫁给父亲。愿意嫁的理由只有一个，父亲识字。没念过书的母亲，对识字的人，是敬畏且崇拜着的。祖父祖母自是欢天喜地，他们倾其所有，下了聘礼，不顾父亲的反抗，强行地让父亲娶了母亲。

婚后不久，母亲有了她。而父亲亦开始了他的漂泊生涯，有家不归。

雪落得最密的那年冬天，她生一场大病。

父亲跟了一帮人去南方，做生意。他们滞留在无锡，等那边的信到，信一到，人就走远了。

雪，整日整夜地下，白了田野，白了树木，白了房屋。她躺在床上，浑身滚烫，人烧得迷糊，一个劲地叫，爸爸，爸爸。

母亲求人捎了口信去，说她病得很重，让父亲快回家。

父亲没有回。

母亲吓得抱着她痛哭，一边骂，死人哪，你怎么还不回来，孩子想你啊。印象里，母亲是个沉默温良的人，很少如此失态。

离家三十里外的集镇上，才有医院。当再没有人可等可盼时，瘦弱的母亲背起她，在雪地里艰难跋涉。大雪封路，路上几无行人。母亲深一脚浅一脚地走，一边带着哭腔不时回头叫她，小蕊，小蕊，你千万不要吓唬妈妈啊。

漫天的大雪，把母亲和她，塑成一大一小两个雪人。泪落，雪融。莹莹的一行溪流。她竭尽全力地答应着母亲，妈妈，小蕊在呢。她小小的心里，充满末世的悲凉。

医院里，点着酒精灯暖手的医生，看到她们母女两个雪人，大惊失色。他们给她检查一通后，说她患的是急性肺炎，若再晚一天，可能就没治了。

她退烧后，父亲才回来。母亲不给他开门。父亲叩着纸窗，轻轻叫她的名字，小蕊，小蕊。

父亲的声音里，有她渴盼的温暖，一声一声，像翩跹的蜻蜓，落在她的心上。是的，她总是想到蜻蜓，那个夏日黄昏，她三岁，或四岁。父亲在家，抱她坐到田埂上，拨弄着她的头发，笑望着她叫，小蕊，小蕊。蜻蜓在低空中飞着，绿翅膀绿眼睛，那么多的蜻蜓啊。父亲给她捉一只，放她小手心里，她很快乐。夕照的金粉，铺得漫山遍野……

父亲仍在轻轻叫她，小蕊，小蕊。父亲的手，轻叩着纸窗，她能想象出父亲修长手指下的温度。母亲望着窗户流泪，她看看母亲，再看看窗户，到底忍住了，没有回应父亲。

父亲在窗外，停留了很久很久。当父亲的脚步声，迟缓而滞重地离开时，她开门出去，发现窗口，放着两只橘，通体黄灿灿的。

她读初中时，父亲结束了他的漂泊生涯，回了家。

从小的疏远，让她对父亲，一直亲近不起来。她不肯叫他

230

爸，即使要说话，也是隔着几米远的距离，喊他一声"哎"。"哎，吃饭了。""哎，老师让签字。"她这样叫。

也一直替母亲委屈着，这么多年，母亲一人支撑着一个家，任劳任怨，却没得到他半点疼爱。

母亲却是心满意足的。她与父亲，几无言语对话，却渐渐有了默契。一个做饭，一个必烧火。一个挑水，一个必浇园。是祥和的男耕女织图。

母亲在她面前替父亲说好话。母亲说起那年那场大雪，父亲原是准备坐轮船去上海的，却得到她患病的口信，他连夜往家赶。路上，用他最钟爱的口琴，换了两只橘带给她。大雪漫天，没有可搭乘的车辆，他就一路跑着。过了江，好不容易拦下一辆装煤的卡车，求了人家司机，才得允他坐到车后的煤炭上……

你爸是爱你的呀，母亲这样总结。

可她心里却一直有个结，为什么那么多年，他不归家？这个结，让她面对父亲时，充满莫名的怨恨。

父亲试图化解这怨恨，他吹笛子给她听，跟她讲他上学时的趣事儿。有事没事，他也爱搬张小凳子，坐她旁边，看她做作业，她写多久，他就看多久，还不时地夸，小蕊，你写的字真不错。他的呼吸，热热地环过她的颈。她拒绝这样的亲昵，或者不是拒绝，而是不习惯。一次，她在做作业，额前的一绺发，掉下来遮住眉，父亲很自然地伸手替她捋。当父亲的手指，碰到她的额时，父亲手指的清凉，便像小虫子似的，在她的心尖上游。她本能地挥手挡开，惊叫一声，你做什么！

父亲的手，吓得缩回去。他愣愣地看着她，脸上的表情，渐渐变得很沉很沉，像望不到头的星空。

从此，他们不再有亲昵。

父亲很客气地叫她秦晨蕊，隔着几米远的距离。

她青春恋爱时，一向温良的母亲，却反对得很厉害。因为她恋爱的对象，是个军人，千里迢遥，他们让相思，穿透无数的山、无数的水。

母亲却不能接受这样的爱。母亲对她说，你是要妈妈，还是要那个人，你只能选一个。

她要母亲，也要那个人。那些日子，她和母亲，都是在煎熬中度过，她们瘦得很厉害。

从不下厨的父亲，下了厨，变着法子给她们母女做好吃的，劝这个吃，劝那个吃。

月夜如洗，父亲在月下问她，秦晨蕊，你真的喜欢那个人？

她答，是。

父亲沉默良久，轻轻叹口气，说，真的喜欢一个人，就要好好地待他。复又替母亲说话，你妈也是好意，怕你将来结婚了，两地分居，过日子受苦。

她没有回话。她终于明白了母亲，那些年母亲一个人带着她，是如何把痛苦，深埋于心，不与外人说。

不知那晚父亲对母亲说了什么，母亲的态度变了，她最终，嫁了她喜欢的人。但她与父亲的关系，并没有因此而亲近。她还是隔着几米远的距离叫他"哎"，他亦是隔着几米远的距离，叫她秦晨蕊。

母亲中风，很突然地。

具体的情形，被父亲讲述得充满乐趣，父亲对她说，你妈在烧火做饭时，就赖在凳子上不起来了。事实是，母亲那一坐，从此再没站起来。

母亲的脾气变得空前烦躁，母亲扔了手边能扔的东西后，号啕大哭。父亲捡了被母亲扔掉的东西，重又递到母亲手边，他轻柔地唤着母亲的名字，素芬。

来，咱们再来扔，咱们手劲儿大着呢，父亲说。他像哄小孩子似的，渐渐哄得母亲安静下来。他给母亲讲故事，给母亲吹口琴。买了轮椅，推着母亲出门散步。一日一日有他相伴，母亲渐渐接受了半身不遂的事实，变得开朗。

她去看母亲。父亲正在锅上煨一锅汤，他轻轻对她"嘘"了声，说，你妈刚刚睡着了。他们轻手轻脚地绕过房间，到屋外。父亲领她去看他的菜园子，看他种的瓜果蔬菜，其时，丝瓜花黄瓜花开得灿烂，梨树上的梨子也挂果了。青皮的香瓜，一个挨一个地结在藤上……

秦晨蕊，你不要担心没有新鲜的瓜果蔬菜吃，你妈不能种了，我还能种，我会给你种着，等你回家吃。隔着几米远的距离，父亲望着一园子的瓜果蔬菜对她说。

你也不要担心你妈，有我呢，我会好好照顾她的。

初夏的风，吹得温柔。那些雨天的记忆，雪天的记忆，在岁月底处，如云雾中的山峰，隐约着，波浪起伏着。她想，那些年的父亲，心里的疼痛，是无人知悉的吧？日子更替，花开花谢，无论曾经是爱还是不爱，如今，他和母亲，已成了相濡以沫的两个。他也早已不复当年的俊朗，身上镀上另一层慈祥的光芒，让人看着柔软。

她在父亲身后轻轻唤了声，爸。父亲惊诧地回头，看着她，眼里渐渐漫上水雾。她迎着那水雾，说，爸，叫我小蕊吧。

多年前的黄昏重现眼前：父亲抱她坐在膝上，拨弄着她的头发，唤她，小蕊，小蕊。她的心上，有蜻蜓舞翩跹。夕照的金粉，铺得漫山遍野……

第六辑
你在，就心安

亲爱的人，你必得在我眼
睛看到的地方，在我耳朵
听到的地方，在我手能抚
到的地方，好好存活着。

野菊花开满河两岸

一河两岸的野菊花，开得如火如荼，薄凉的香气，浮游在村庄上空。

琪米是在野菊花开满河两岸的时候，嫁到我们村庄来的。

却不像一般人家办喜事，鼓乐齐鸣，鞭炮轰天。琪米的婚礼，冷冷清清，除了窗户上贴着一幅大红的喜字外，别无办喜事的迹象。琪米没穿大红袄，新郎官孙大年也没笑嘻嘻地给村人们发喜糖，而是沉着脸，"啪"的一下，把门关上。

看热闹的人们，无趣地正要转身离去，却听到从新房里传出琪米的哭声，嘤嘤，嘤嘤，如深秋虫鸣，凄凄切切。紧接着，"乒乓"一声，是什么东西摔地上了，伴着孙大年的大吼声，住嘴！再号丧你就给我滚回去！

人们愣怔在那里，望着他们家大红喜字的窗户，不明白这大喜的日子里，怎么就摔盘子摔碗的？

天也就黑了，人们摇摇头，各回各的家，关起门来睡大觉。横贯村庄的一条河，这个时候也安静了，清波不泛，河两岸的野菊花们，黄黄白白，兀自渲染。白天可不是这样，白天这条河喧闹得如同集市，一村人的吃喝洗涮，都在这条河里。男人们在河里摸鱼摸虾摸螺蛳。女人们在河里淘米洗菜汰衣裳。孩子们在河边的野菊花丛中捉蚂蚱，采菊花，在头上东一朵西一朵乱插。每年夏天，河里都要淹死一两个贪水的小孩。即便如此，人们对这条河还是深爱着的，从来不在河里乱丢垃圾，河水便总是清涟涟的，望得见水草在里面招摇。人们的房都傍河而居，河南岸与河北岸，一条木桥连着。琪米嫁过来的孙大年家，就在河南岸住，低门矮户，屋后的槐树，遮天蔽地。

　　这日深夜，一切都安睡了，只剩下野菊花的香气，在村庄上空浮游，还有琪米嘤嘤的哭泣。那哭声如小蛇蜿蜒，凉凉的，爬上村庄的心头。人们被搅得彻夜难眠，打定了主意，等天明了一定要去问问孙大年，这究竟是咋回事。

　　次日一早，新娘子琪米，已伏在屋后的河边洗衣裳，黄菊花白菊花开满她身后。人们收住脚步，站在木桥上打量她，她头发乌黑，身段苗条，面皮白净，竟是少有的标致。人们在心里替她惋惜，这么漂亮一个姑娘，怎么就嫁给了不知好歹的孙大年？

　　人们是不大喜欢孙大年的。人长得跟瘦猴似的不说，又不正正经经干农活，成天搬弄一堆破蜂箱，说是去放蜂，也没见他赚大钱回来。一个人守着祖上留下的三间破屋，不事庄稼，常喝闷酒，像个二流子。门前的空地上，长满荒草。

琪米的到来，让一个破破败败的家，焕然一新。人们很快发现，孙大年家屋门前的草不见了，被一行行补上绿绿的青菜秧。屋子也变亮堂了，每隔几日，就见琪米拿块抹布，里里外外在擦洗。孙大年的破衣裳也整洁了，补丁上的针脚，整整齐齐。

这样一个勤劳贤惠的好媳妇，却三天两头遭孙大年的打。人们起初都同情琪米，跑过去相劝。传闻却在这时风传开来，说琪米在家做姑娘时，有个相好的，并被搞大了肚子，好面子的父母急了，赶紧托人相亲，这才把她嫁给了无父无母的孙大年。

众人上当受骗般地"啊"一声，看向琪米的眼神，就有了轻视和不屑，她再挨打，也没人上门去劝了。四五个月后，琪米果真诞下一个足月的男婴，人们窃窃私语。那几日，孙大年的脾气大得惊人，蜂箱也不碰了，成天黑着一张脸。他不许琪米给这个孩子喂奶，他要活活饿死这个小野种。琪米哭求，换来的是一顿拳打脚踢。孩子被饿得奄奄一息，最后，邻居老太太看不过去，找了一对无儿无女的夫妻来，抱走了这个孩子。

几年后，琪米给孙大年生育了两个男孩，却没有因此改变她的处境，她还是隔三岔五的，就被孙大年找了由头痛打。村庄偏僻，整日太平，琪米的存在，无疑给安静的村庄，增添了一些小浪花。村里的女人们在河边汰洗衣裳，一边隔河笑谈，哎呀，琪米又挨孙大年打了，这次是被剥光了衣裳打的。在野菊花丛中玩耍的孩子们，听到这里会怔一怔，眼前光影斑驳，野菊花们开得星星点点。风吹着他们的小脸蛋，像吹过嫩嫩的叶片儿，温软轻柔，哪里懂得人世间还有一种东西叫疼痛？他们撒开两腿，就往琪米家跑，跑去看热闹。看到的场景往往是这样的：孙大年手执鞭子，在一旁喘着粗气。琪米则在地上蜷缩成一团，哭声嘤嘤，白得晃眼的肌肤上，有崭新的鞭痕。

琪米也曾偷偷跑去看过几回被抱走的那个孩子。孩子已长到七八岁，大概听说过一些事情，看见她，朝她轻蔑地吐着唾沫。她哭着回来，被孙大年知道了，又挨一顿打。疮痍遍布的日子里，琪米就这样早早老了，乌黑的发，染上霜花。白净的脸上，有了深刻的皱纹。她遇到人总是微低了头，话少，语调轻轻的。

这么囫囵地过了一些年，孙大年得癌症死了，琪米的两个儿子业已长大，各自成了家。却因打小受父亲的影响，对琪米这个母亲，从没正眼瞧过。

琪米剩下了一个人。剩下一个人的琪米，给自己裁剪了一件大红袄，把自己收拾得很鲜艳。她去找当年相好的那一个，年轻时的那场情事，扎根在她心里，枝叶葱茏，从来没有凋零过。

他们相见了。男人仍单身着，却不是为等她，他已另有心上好。她落泪了，告诉他，他们有个儿子，早已长大成人。

男人震惊不已，提了礼物去见儿子。儿子爽快地认了他这个爹，却不认琪米这个娘。这么多年来，儿子一直记恨着琪米的"遗弃"。很快，男人搬来和儿子一起住，父子团聚。琪米还是一个人。

琪米穿着她的大红袄，在一个深夜里投了屋后的河。那会儿，一河两岸的野菊花，开得如火如荼，薄凉的香气，浮游在村庄上空。男人得知消息，慌忙赶过来，他跪在琪米的遗体前，大哭，当年那段情事，他也一直没有忘怀，只是他无法原谅她当年的"背叛"，她怎么就嫁给了别人。

男人亲自给琪米收了殓，送了葬。嘱咐儿子，等他归后，他要和她葬一起。

绿袖子

最痛的爱情，莫过于纵使相逢不相识，尘满面，鬓如霜。

《绿袖子》是一首地道的英国民谣，流传时间甚广，在伊丽莎白女王时代就被人传唱。后传说在英王亨利八世时，被重新填词，成为英国民歌的瑰宝。

我初见《绿袖子》，不是被它的旋律吸引，而是被它的名字吸引。其时，它正躺在一张 CD 上，不显山不露水的。但我还是一眼就喜欢上了，我想起一句宋词来，"玉窗掣锁香云涨，唤绿袖，低敲方响。"有无限娇俏的春光在里头。

几百年来，《绿袖子》的演绎版本多不胜数，无论用何种乐器演奏，都遮盖不了它本身逼人的气质。就像一个天生丽质的女子，穿什么，都一样光彩照人。但我，还是有偏爱的，我喜欢排箫演奏的。箫是一种有灵魂的乐器，它演奏的《绿袖子》里，飘满茉莉花香般的忧伤，像穿堂入室的风，从你的袖口里潜入，在你的每块肌肤上游走。又如绿茵如毯的原野上，徘徊着一个绿蘑菇一样的姑娘，风吹着她的绿袖，她的眼里，蓄着黄昏落日。天地是那么广阔，广阔得没有尽头，何处才是她的家？——这都是让人忧伤得不能自已的事。

音乐背后的故事，更让人惆怅。一说是一个民间水手的爱情。水手和一个喜欢穿绿袖衣裳的姑娘相爱了，每次见面，姑娘都穿着她喜欢的绿袖衣裳，像一只美丽的绿云雀。后来战争爆发，水手参战去了，姑娘日日穿着绿袖衣裳，站路口等待心上人归来，最后悲伤而死。多年的战争终于结束，满身沧桑的水手归来，却再寻不着他心爱的姑娘，他于是一遍一遍凄凄地唱："啊再见，绿袖，永别了，我向天祈祷，赐福你，因为我一生真爱你。求你再来，爱我一次。"乐曲委婉纤细，是不堪重负的荒野小草，风能读懂它心中的爱吗？最痛的爱情，莫过于纵使相逢不相识，尘满面，鬓如霜。

又一说，是国王亨利八世的爱情。这个在传说中相当暴戾的男人，却真心爱上一个民间女子，那女子穿一身绿衣裳。某天的郊外，阳光灿烂。他骑在马上，英俊威武。她披着金色长发，太阳光洒在她飘飘的绿袖上，美丽动人。只一个偶然照面，他们眼里，就烙下了对方的影。但她是知道他的，深宫大院，隔着蓬山几万重，她如何能够超越？唯有选择逃离。而他，阅尽美人无数，从没有一个女子，能像她一样，绿袖长舞，在一瞬间，住进他的心房，让他念念不忘。但斯人如梦，再也寻不到。思念迢迢复迢迢，日思夜想不得，他只得命令宫廷里的所有人都穿上绿衣裳，好解他的相思。他寂寞地低吟："唉，我的爱，你心何忍？将我无情地抛去。而我一直在深爱你，在你身边我心欢喜。绿袖子就是我的欢乐，绿袖子就是我的欣喜，绿袖子就是我金子的心，我的绿袖女郎孰能比？"曲调缠绵低沉。终其一生，他不曾得到她，一瞬的相遇，从此成了永恒。

或许，这才是最好的结局。有时的长相厮守，未必见得幸福。更永恒的爱情，是相见不如怀念。一曲《绿袖子》，因此生生世世，经典在一颗又一颗，易于感动的心上。

红木梳妆台

天地间，溢满淡淡的清香，有种明媚的好。

她与他相识，不知是哪一年哪一月的事了。仿佛生来就熟识，生来就是骨子里亲近的那一个人。她坐屋前做女红，他挑着泔水桶，走过院子里的一棵皂角树。五月了，皂角树上开满乳黄的小花儿，天地间，溢满淡淡的清香，有种明媚的好。她抬眉。他含笑，叫一声："小姐。"那个时候，她十四五岁的年龄吧。

也不过是小户人家的女儿，家里光景算不得好，她与寡母一起做女红度日。他亦是贫家少年，人却长得臂粗腰圆，很有虎相。他挨家挨户收泔水，卖给乡下人家养猪。收到她家门上，他总是尊称她一声"小姐"，彬彬有礼。

这样地，过了一天又一天。皂角花开过，又落了。落过，又开了。应该是又一年了吧，她还在屋前做女红，眉眼举止，

245

盈盈又妩媚。是朵开放得正饱满的花。他亦是长大了，从皂角树下过，皂角树的花枝，都敲到他的头了。他远远看见她，挑泔水桶的脚步，会错乱得毫无步骤。却装作若无其事，依然彬彬有礼叫她一声："小姐。"她笑着点一下头，心跳如鼓。

某一日，他挑着泔水桶走，她倚门望，突然叫住他，她叫他："哎——"他立即止了脚步，回过身来，已是满身的惊喜。"小姐有事吗？"他小心地问。

她用手指缠绕着辫梢笑。她的辫子很长，漆黑油亮。那油亮的辫子，是他梦里的依托。他的脸无端地红了，却听到她轻声说："以后不要小姐小姐地叫我，我的名字叫翠英。"

他就是在那时，发现他头顶的一树皂角花，开得真好啊。

这便有了默契。再来，他远远地笑，她远远地迎。他起初"翠英"两字叫得不顺口，羞涩的小鸟似的，不肯挪出窝。后来，很顺溜了，他叫她，翠英。几乎是从胸腔里飞奔出来。多么青翠欲滴的两个字啊，仿佛满嘴含翠。他叫完，左右仓促地环顾一下，笑。她也笑。于是，空气都是甜蜜的了。

有人来向她提亲，是一富家子弟。他听说了，辗转一夜未眠。再来挑泔水，从皂角树下低头过，自始至终不肯抬头看她。她叫住他："哎——"他不回头，恢复到先前的彬彬有礼，低低问："小姐有事吗？"

她说："我没答应。"

这句话无头无尾，但他听懂了，只觉得热血一下子涌上来，

246

昨日的美好，都曾有过啊，于是人生完满起来。

最痛的爱情，莫过于纵使相逢不相识，尘满面，鬓如霜。

心口口上就开了朵叫作幸福的花。他点点头，说："谢谢你翠英。"且说且走，一路健步如飞。他跑到一处无人的地方，站在那里，对着天空傻笑。

这夜，月色姣好，银装素裹。他在月下吹笛，笛声悠悠。她应声而出。两个人隔着轻浅的月色，对望。他说："嫁给我吧。"她没有犹豫，答应："好。但我，想要一张梳妆台。"这是她从小女孩起就有的梦。对门张太太家，有张梳妆台，紫檀木的，桌上有暗屉，拉开一个，可以放簪子。再拉开一个，可以放胭脂水粉。立在上头的镜子，锃亮。照着人影儿，水样地在里面晃。

他承诺："好，我娶你时，一定给你一张漂亮的梳妆台。"

他去了南方苦钱。走前对她说："等我三年，三年后，我带着漂亮的梳妆台回来娶你。"

三年不是飞花过，是更深漏长。这期间，媒人不断上门，统统被她回绝。寡母为此气得一病不起，她跪在母亲面前哀求："妈，我有喜欢的人。"

三年倚门望，却没望回他的身影。院子里的皂角花开了落，落了开……不知又过去了几个三年，她水嫩的容颜，渐渐望得枯竭。

有消息辗转传来，他被抓去做壮丁。他死于战乱。她是那么的悔啊，悔不该问他要梳妆台，悔不该放手让他去南方。从此青灯孤影，她把自己没入无尽的思念与悔恨中。

又是几年轮转，她住的院落，被一家医院征去，那里，很快盖起一幢医院大楼。她搬离到几条街道外。伴了多年的皂角树，从此成了梦中影。如同他。

60岁那年，她在巷口晒太阳，却听到一声轻唤："翠英。"她全身因这声唤而颤抖。这名字，从她母亲逝去后，就再没听到有人叫过她。她以为听错，侧耳再听，却是明明白白一声"翠英"。

那日的阳光花花的，她的人，亦是花花的，无数的光影摇移，哪里看得真切？可是，握手上的手，是真的。灌进耳里的声音，是真的。缠绕着她的呼吸，是真的。他回来了，隔了四十多年，他回来了，带着承诺给她的梳妆台。

那年，他出门不久，就遇上抓壮丁的。他被抓去，战场上无数次鬼门关前来来回回，他嘴里叫的，都是她的名字，那个青翠欲滴的名字啊。他幸运地活下来，后来糊里糊涂被塞上一条船。等他头脑清醒过来，人已在台湾。

在台湾，他拼命做事，积攒了一些钱，成了不大不小的老板。身边的女子走马灯似的，都欲与他共结秦晋之好，他一概婉拒，梦里只有皂角花开。

等待的心，只能迂回，他先是移民美国。大陆还是乱，"文革"了，他断断回不得的。他挑了上好的红木，给她做梳妆台。每日里刨刨凿凿，好度时光。

她早已听得泪雨纷飞。她手抚着红木梳妆台，拉开一个暗

248

屉，里面有银簪。再拉开一个暗屉，里面有胭脂水粉。是她多年前想要的样子啊。

她坐在梳妆台前，很认真地在脸上搽胭脂，搽得东一块西一块的。因为年轻时的过多穿针引线，还有，漫长日子里的泪水不断，她的眼睛，早瞎了。

"哎，好看吗？"她转头问立在身后的他。他一迭声说："好看好看，这世上，没有哪个女人，比你更好看。"她开心地笑了。他悄悄转身，抹去脸上两行泪。外面的阳光，真是灿烂，像多年前的皂角花开。

你在，就心安

人世间的爱情，莫不如此。就是亲爱的人，你必得在我眼睛看到的地方，在我耳朵听到的地方，在我手能抚到的地方，好好存活着。

祖母 86 岁的时候，耳还不背，眼也不花，还可以在屋内眯缝着眼做针线。大她两岁的祖父却不行，一步已挪不了两寸了。他总是安静地坐在院门口晒太阳，一坐就是大半天。

两个人，不过隔着一屋远的距离，祖母却每隔十来分钟，就要大声唤一声祖父。"老头子！"祖母这样唤。有时祖父听见了，会应一声"哎"。祖母笑，仍旧低了头，做她的针线活。有时祖父不应，祖母就着急，会迈着细碎的步子，走出门去看。看到祖父好好的，正坐在太阳下打着盹呢，祖母就孩子般地笑嗔："这个老头子，人家喊了也不睬。"

我笑她："你也不怕烦，老这么喊来喊去做什么？"祖母抬头看我一眼，宽容地笑，说："伢儿呀，你不懂的，知道他好好地在着呢，才心安的。"

心，在那一刻，被濡湿了，是花蕊中的一滴露。原来，幸福不过是这样的，你在，就心安。粗茶淡饭有什么要紧？年华老去有什么要紧？只要你在，幸福就在。

我想起三毛和荷西来，那对爱情神话中的人儿，曾有过让人羡慕的家居生活。那时，她在灯下写字，他在一边看书，两个人有一搭没一搭地说着话。是不是偶尔，她一抬头，叫一声："荷西。"亲爱的那个人，会缓缓回过头来，看她一眼。也没有多话，他们只温暖地交换一下眼神。然后，她继续快乐地写字，他继续迷醉地看书。但却有厚实的东西，渐渐填满了他们的心。你在，就心安的，这是人世间最最温馨的相伴。后来荷西走了，她在灯下，再也唤不回他回眸的温暖了。尘世间再美的风景，也与她无关。她的心，是空的。十年后的某天，她终追了他去。

亦曾听一个女人，讲过这样一件事，说她老公在夜里睡觉时喜欢打呼噜，那真正是地动山摇的。旁的人奇怪，那么响的呼噜，她怎么会睡得着。然她却安之若素，每夜都枕着他的呼噜声入睡，睡得安稳踏实。偶尔她老公夜里睡觉不打呼噜，她反倒不习惯了，必三番五次醒来，伸了手去摸他，摸到他正均匀地呼吸着呢，她这才放下心来，继续睡。

初听时，以为笑话。其实，不是。人世间的爱情，莫不如

251

此。就是亲爱的人，你必得在我眼睛看到的地方，在我耳朵听到的地方，在我手能抚到的地方，好好存活着。你在，就心安的。只要你在，整个世界，就在。

桃花芳菲时

她仪态端庄，面容安详。院子里，一院的桃花，开得正芳菲。

正月十五闹花灯，年轻的三奶奶在街市上看花灯，相遇到英俊的三爹。电光火石般的，两颗年轻的心，爱了。不多久，三爹托了媒人上门。

三奶奶是三爹用大红花轿红盖头迎进门的，那时，满世界的桃花开得妖娆，三奶奶的婆婆——我们那未曾谋面过的老太，站在小院里，正仰望着一树桃花。帮佣的端着一盆莲子走过来，老太咧着嘴乐，说，好兆头，多子多孙。但三奶奶婚后，却无一子半嗣。

过年的时候，我们几个小孩子，被祖母一径领着，走上六七里的路，去给三奶奶拜年。这已是若干年后的事了。我们的老太，也早已作了古。祖母再三关照，看见三奶奶不要乱说乱动，要祝三奶奶健康长寿。

　　房间里的光线总是暗，有一股水烟味。黄铜的水烟台，立在床头柜上，形销骨立的样子。三奶奶盘腿坐在床上，倚着红绸缎的花被子。她是个瘦小的女人，脸隐在一圈淡淡的光里面，看不清。她朝着我们说，好孩子，谢谢你们来看奶奶。然后递过红包来，那是给我们的压岁钱。我们敛了气地候着，祖母却客气地相挡，哪能要你的钱呢？

　　我们被祖母轰出房去，只留她们两个说话。我们乐得出去玩，门前有河，河上结冰，冰上散落着燃尽的爆竹屑。远远看去，像散落的花瓣。我们捡了泥块打冰漂。玩得肚子饿了，才想起已到饭时，回头去找祖母，只听得三奶奶幽幽说，我可是他大红花轿红盖头娶进门来的。后面是长长久久的静穆，有叹息声，落花似的。我们倚了门，呆一呆，那大红花轿红盖头的场面，该是何等的热闹？而三奶奶，定也是个水灵灵的人吧。

　　从没见过三爹，他人远在上海。兵荒马乱年代，祖父的弟兄，都跑到上海去苦生活。三爹也去了，先是在上海轮船码头做苦力，后来拉黄包车，再后来，去戏园子做看门人。在那里，三爹遭逢到他生命里的一场艳遇。

　　爱上三爹的女人，是经常去戏园子看戏的。英俊的三爹，穿着镶白边的红礼服，站在戏园子门口迎客，惹得路过的女人，频频相望。那个女人，在数次相望后，再路过三爹身边，她把她外面穿着的大衣脱下，塞到三爹手上。给我拿着，她用不容置疑的口吻说。三爹愕然，她回眸一笑。如此三两次，便熟识了。

后来，这个女人，成了三爹在上海的太太。三爹托人捎口信给三奶奶，说，我对不起你，你另择好人家，再嫁吧。三奶奶大哭一场，却不肯离去，她把话捎去上海，我可是你大红花轿红盖头娶回家的。三爹听后，长叹一声，再无话。

家里有人去上海，回来说起三爹，多半摇头。三太太，家里人这样称三爹在上海的女人。三太太不是个善类啊，三爹在家做不了主的，大人们在一起谈论时，如是说。

三太太不喜欢这边的人过去，在小阁楼里摔盆子。三奶奶给三爹做的布鞋，也被三太太给退了回来，三太太说，侬自己穿好了。那个时候，三爹已和三太太生了两儿两女，儿女们都大了。三爹拉着去看他的家里人的手，背地里淌眼泪，说，见一回少一回哪。

也问起三奶奶，记忆里多半模糊。三爹说，她也老了吧？然后叹，我对不起她。一次，三爹瞒着三太太，塞了些钱给去看他的人，说，让她多买点吃的吧，告诉她，死了后，我一定葬在那边的。

回来的人，把三爹的话，说给三奶奶听，三奶奶抚被大恸，哭得撕心裂肺。大家都吓坏了，团团围住她，不知怎样相劝才好。三奶奶抽抽噎噎着停下来，却说，孩子们，我这是高兴哪。

三爹在 86 岁高龄上，突患一场大病，医治无效。弥留之际，家里人去看他，他问，她还好吧？再三恳求，他死了，一定要带着他的骨灰回去。平时冷面冷脸的三太太，也老了，这时仿佛看开许多，她知道，她守了一辈子的男人，只守住了他的身，却没守住他的心。她松口了，说，就依了他吧，想回去，就回去吧。

三爹的骨灰，被接回老家。三奶奶一早就梳洗打扮好了，稀疏的白发，抿得纹丝不乱。大红对襟袄穿着，竟是出嫁时穿的那件红衣裳。她不顾大家的劝阻，踩着碎步，跑了很远的路去迎。她抱着三爹的骨灰盒，多皱的脸上，慢慢洇上笑，笑成桃花瓣。她喃喃说，你这狠心的老头子，我可是你大红花轿红盖头娶进门来的，你却抛下我这么些年，今天，你终于回来啦。站旁边的人，无不泪落。

两天后，三奶奶去世了。她安静地死在床上，身上穿着那件红嫁衣，枕旁放着三爹的骨灰盒。她仪态端庄，面容安详。院子里，一院的桃花，开得正芳菲。

会说话的藏刀

她把她的情和暖，也磨进刀里面。

导游洛桑，是个迷人的康巴汉子，浓眉大眼，身材魁梧，说一口流利的普通话。他是我们游香格里拉的地陪。一上车，他就给我们来了一个九十度的大鞠躬，浑身是笑，"欢迎大家来我们香格里拉做客！你看，天多蓝，云多白！我爱我的家乡！扎西德勒！"

我们很快喜欢上这个年轻率真的康巴汉子。一路上，他一直滔滔不绝着，说当地的风土人情，讲茶马古道的故事，学藏獒叫，唱藏族小曲。他喉咙一展开，我们立即吓了一大跳，那声音简直是金属的，金光灿烂，亮闪闪一片。我们说，若是他去做歌星，保管走红，原生态嘛，现在都热衷这个。洛桑听了，很认真地回答："不，我爱我的家乡，我就愿待在这儿，哪也不去。"

我们听不懂他唱的藏语，他就用汉语字正腔圆一句一句翻译，当翻译到一句"草原上的姑娘卓玛"时，我们中有人笑，"洛桑呀，你有没有你的好姑娘？"

　　洛桑哈哈乐了，眼睛瞪大，一本正经答："有啊，我的好姑娘，是世上最漂亮的姑娘。"他告诉我们，他的好姑娘，也是个导游。他们带不同的旅游团，在同一片天空下转着，却难得相见。洛桑说这些时，嘴边一直飞着笑，表情柔和且安静，让人感动。我们于是都在想象他的卓玛，梳很多小辫子垂挂着，穿镶花边系绣花腰带的藏袍，有漆黑得如深潭的眸。问洛桑，"是这样吗？"洛桑频频点头，"是的是的。"

　　停车吃饭，一眨眼不见了洛桑。出门，却发现他蹲在人家水池边，就着一块磨刀石，正专注地磨着他佩的藏刀。问他："带藏刀干吗呢？"他解释："这是藏人服饰中的一块，藏人着装，是要佩了藏刀，才算着好装了。这是流传下来的习俗，藏人最初是用它来防身和切肉吃的。"我们要他示范一下他的刀快不快。洛桑就找了一根铁钉，削了下去。铁钉当即被削断。

　　即便是这样的锋利，洛桑一有空闲，还是取下他的藏刀磨。这让我们大大不解。洛桑轻轻插刀进鞘，说："我这刀是有灵气的，我把我手上的温度，磨进刀里去，它就会说话。"我们知道他是开玩笑，都跟着一乐。

　　车过一峡谷，洛桑看着窗外，突然变得很兴奋，洛桑问我们："可以停一下车吗？就五分钟。"我们都伸头往窗外看去，就看到与我们相向的一辆旅游车，停在路边，一些游客散在路旁，正对着峡谷拍照。大家好像明白了什么，都一齐说："我们也下去拍照吧。"洛桑一弯腰，冲我们感激地说："谢谢大家了，扎西德勒！"

洛桑是第一个跳下车的，他刚跳下车，我们就见到一个藏族姑娘，从那边车旁奔过来，黑黑的脸庞，胖乎乎的身材，穿着红底子碎花的藏袍，没系绣花腰带。这应该是洛桑的卓玛了，很一般的样子。我们一行人，都有些失望。

接下来看到的，却让我们感动无言。洛桑和姑娘面对面站着，对着傻笑。后来，她取下她的藏刀，他取下他的藏刀，他们互相交换了藏刀，伸手按按对方的刀鞘，仿佛在看，那刀是不是在对方的刀鞘里安妥了。她理理他的衣领，他拍拍她的肩，然后回头，招呼各自的游客上车。

车上，洛桑说："那是我的姑娘。"我们点头，"知道。"洛桑就笑了，问："我的姑娘漂亮吧？"我们说："是，漂亮极了。"洛桑听了，非常高兴。他告诉我们，两人长期在外带团，见面少，他们就想了这个法子，每次遇到，就交换一下藏刀，因为对方的温度，会留在刀上。

想来，她在一有空时，也一定取出藏刀，不停地磨啊磨。她把她的情和暖，也磨进刀里面。

布达拉宫里的爱情绝唱

多少人事，都被历史的风尘，淹没得严严实实，再无痕迹可寻。

1697 年的秋天，对于 14 岁的门巴族少年仓央嘉措来说，真是一个肃杀的秋天。这个秋天，他将远离他的门隅，远离他青梅竹马的仁增旺姆，到千山万水外的布达拉宫去。自从 3 岁那年，他被定为五世达赖喇嘛的转世灵童，冥冥中，他的命运，已不掌控在他的手里了。他要去走佛的路，成为西藏最高精神领袖六世达赖喇嘛。

秋叶簌簌落，像他纷乱的心。前路看不见，而身边真实的那个人，他就要与她永别了。他在树梢上，为她挂上祈求平安与福祉的经幡，他把他的魂，系在上面了。一步一回头，别了，我亲爱的山。别了，我亲爱的水。别了，我亲爱的人。美丽的姑娘仁增旺姆，眼睁睁看着她的少年一步一步走远，她多想拽住他的衣襟不放手，今生也不放手。她不要他变成佛，她不要，她要她的仓央嘉措！泪水长流中，她铭记了他临行前的一句承诺："等着我，我们会相见的。"

一年，又一年。星空下，布达拉宫红宫的屋顶平台上，已是普惠罗桑仁钦的仓央嘉措，眼光越过一座座灵塔金顶，眺望着他遥远的门隅，心中千呼万唤的，是他心爱的姑娘，"山上的草坝黄了，山下的树叶落了。杜鹃若是燕子，飞向门隅多好！"他望瘦了风，望瘦了月，望瘦了人。而隔着千重山万重水的门隅，仁增旺姆亦是日夜思念着他，她天天跑去那挂着经幡的树下，眺望着天边的布达拉宫，高山望断。求婚的接踵而至，父母威逼，舆论谴责，她统统不顾的，她要等着她的仓央嘉措，他们一定会相见的。

终于等来了仓央嘉措的召唤，那是三年后的一天，无法抑制思念之情的仓央嘉措，偷偷派亲信来到门隅，暗中约见了仁增旺姆，捎来他的口信。仁增旺姆一刻也不曾停留，行囊未来得及收拾就上路了。风餐露宿，跋山涉水，飞到她的爱人身边。

他们在布达拉宫重逢了！他是高高在上的活佛，她是万千膜拜信徒中的一个。穿过那些膜拜的头顶，他们纠缠的眼神，再也无法分离。

仁增旺姆在布达拉宫旁的玛吉阿米酒店住下来。爱情让两个人成了世上最幸福的人，他们热切盼望着夜晚来临，那是他们的天堂。从此，仓央嘉措有了双重身份，白天，他是住在布达拉宫里的活佛六世达赖喇嘛，坐在无畏狮子大法宝座上，威仪天下。夜晚，他还原成俗人，甘愿被爱情灌醉。这期间，他为他的仁增旺姆，写出大量的爱情诗：

那一刻，

我升起风马不为祈福，

只为守候你的到来。

那一日，

我垒起玛尼堆不为修德，

只为投下心湖的石子。

那一夜，

我听了一宿梵唱不为参悟，

只为寻你的一丝气息。

那一月，

我转动所有的转经筒，

不为超度只为触摸你的指尖。

那一年，

我磕长头匍匐在山路，

不为觐见只为贴着你的温暖。

那一世，

我转山转水转佛塔呀，

不为修来世只为在途中与你相遇。

那一瞬，

我飞升成仙，

不为长生只为佑你平安喜乐。

　　然他们都清楚着，这样的爱，注定没有指望。自从 3 岁那年，他被确定为五世达赖喇嘛的转世灵童后，他就失却了作为人的最基本的权利——追求自由和爱情。他们的相爱，无异于赤裸着双脚，在荆棘上跳舞。

　　风雨也终于来了。当时西藏的形势相当错综复杂，宗教的、政治的、军事的、经济的，各方面权力纷争，反对派虎视眈眈盯着他身下的无畏狮子大法宝座。掌控了他，就等于掌控了整个西藏。他过度的"放浪形骸"，无疑是授人以柄，铺天盖地的流言，汹涌而来。这对苦命的恋人，已感到乌云压顶的沉重，已嗅到不远处的血腥味。她躺在他的怀里，他搂紧她的人，不知什么时候一松手，就再见不着了。他问她："愿否永作伴侣？"她毫不犹豫地答："除非死别，决不生离！"

　　好了，还有什么比恋人的这句承诺，更能穿心入肺的呢？佛亦不能够。他脱下身上的僧衣，毫不可惜地扔到辅他走上佛路的第巴桑结嘉措的脚下。他决心放弃他的达赖喇嘛的权位，放弃布达拉宫的辉煌，他不要做佛，他要做人，他要和他的仁增旺姆，一起回他们的门隅，结婚，生子，过寻常的日子。

263

他天真了！这个时候，做不做活佛，已由不得他了。一天，他再去约会，玛吉阿米酒店里，再看不见他的仁增旺姆了。他疯了似的，对着远处的群山叫喊，他豆花似的爱人，却再没有回来。

他的心，滴着血。身边的权力之争，这时，却越演越烈。一直护着他的第巴桑结嘉措，在一次纷争中被杀。1706 年，在权力之争中获胜的拉藏汗，把仓央嘉措从无畏狮子大法宝座上拉下来。康熙帝一纸诏书：执献京师。他踏上了被押解去北京的路。

1707 年的冬天，仓央嘉措在青海湖畔神秘失踪。这一年，他年仅 25 岁。

三百多年过去了，布达拉宫门前的转经筒，转过一世再一世。多少人事，都被历史的风尘，淹没得严严实实，再无痕迹可寻。然而，仓央嘉措和他的爱情，却如漫山遍野的格桑花，世世代代，盛开在青藏高原上，盛开在人们的心里面。

浮生一梦

人生有时真的不过浮梦一场，终归于寂寂与寥寥。

看电视里的民国少爷，穿质地精良的长衫，手执一把折扇，逗鸟看戏四处游玩，后面还跟着几个小跟班的，优哉游哉着，我总忍不住想，那是不是我爷爷少年时。

我爷爷生于民国七年，在苏北一个叫丁家庄的地方。据我爸讲，当年的丁家庄，有一半田地，都是我爷爷家的。合家百十口人，住的房屋都是青砖小瓦房，有前后院落，几进几出。彼时，我祖上花开灼灼，人丁兴旺，好一个人间繁庶地。

我爷爷上有三个哥哥、四个姐姐，他是家里最小的孩子，排行老四，人称四少爷。我那未曾谋面的太奶奶，家风甚严，规矩极大，唯独对我爷爷这个老幺，宠溺得不行，请了私塾先生专门教我爷爷习字读书。我爷爷不爱，正经的书读不了几行，只管把那些野趣传闻的偷拿来读。我还记得小时他讲包青天，讲隋炀帝下扬州，讲小方青会姑母，讲岳飞，讲杨家将，故事好听得很，总吸引一批孩子围着他。我爷爷也是斗蟋蟀玩纸牌扎风筝的头把好手，我奶奶说，跟她拜堂成亲那天，我爷爷还在跟人玩斗蟋蟀，家里着人找了半天，才把他找回家。我奶奶怀头胎，就要生了，我爷爷却领着一帮侄子侄女在放风筝。他扎了一架几丈长的巨型风筝，飘飘摇摇上了天，底下有成百人观看。值此时，好风好水，繁花满枝头，乱世浮沉，世事维艰，与我爷爷一点关系也没有的。

我太奶奶过世，一个大家族立马四分五散。我爷爷分得一些房屋田产，吃饭度日原是足够了，然因他太贪玩，不懂生计，很快把些房屋田产都变卖光了。他带我奶奶举家迁去荒田时，全部家产只剩下三间小瓦房。我家住了多年的茅草屋，屋上的椽子、大梁、门和木格窗，都是这三间瓦房上的。上祖留下的东西，也就这么多了。

生活变得辛苦，我爷爷跑去上海投奔他的二哥和大姐。二哥和大姐，早年在上海做事，也都把家安在上海。这个小弟弟到了，做哥的做姐的自然照顾有加，鼎力相助。二哥很快帮他谋得一轻松差事，坐办公室的，专管一支黄包车队。还给他弄到了一间房，带小阁楼的，上面住人，下面可以烧饭。我爷爷在上海安顿下来，乐不思蜀，他偶尔去办公室装模作样坐一会儿，也没什么事可做。然后就去泡戏园，他追过梅兰芳的戏，

266

几乎场场必到。

我奶奶在家望眼欲穿，盼着他能寄点钱回家。哪里有！他自个儿玩还不够的。无奈，我奶奶带着我爸，怀里还抱着一个吃奶的幼儿，决心去上海找我爷爷。娘仨才走到半路上，路上却发生枪战，是八路军与国民党在交手。娘仨随逃难的人跑，急急慌慌中，我奶奶把抱在手里的幼儿也给弄丢了。她和我爸趴到一条渠沟里，趴了一夜，只听见子弹从耳边"嗖嗖"飞过，如爆豆子似的。好不容易枪声停了，却传来消息，去往上海的路被封了，她和我爸只得打转回来。

丢了的孩子，被好心人捡了，辗转交到我奶奶手上。只是这孩子注定命不长，回来后不久，得了天花，死了。若活着，一切顺当，如今也六七十岁了，我该叫她三娘娘。

我爸孤身一人去上海投奔我爷爷时，7岁。我爸去投奔的目的只有一个，他想念书。

我爷爷遂了我爸的愿，把我爸送进学堂。

然我爷爷一个人逍遥惯了，完全没有做父亲的意识，他有了钱，还是想去泡戏园，就去泡戏园，一泡就是一整天，全然想不到，家里还有一个小孩在等着他。我爸中午放学回来，常常锅灶是冷的，家里无一粒米，可怜的孩子饿着肚子又去上学。走过弄堂口，那里有做油饼的山东人，认得我爸，有时会好心地送我爸一只油饼吃。

我爸拖欠学校的学费。问我爷爷要钱，我爷爷总是说："等下次吧，下次发了工钱，我就给你。"然下次真的发了工钱，他首先是听戏去了，泡茶楼去了，学费依然拖欠着。每日去学校，老师见到我爸的第一桩事就是问："丁志煜，你今天学费带了吗？"我爸羞愧地摇头。老师就没好气地说："唉，站到后面去。"我爸就站到教室后面去，堂堂课都站着。

饥饿和罚站，终于把一个孩子压垮了，刚好有苏北乡下的人来上海，我爸要跟着那人回去。我爷爷不阻拦，去弄堂口买了十只油饼，让我爸揣着，就把我爸给打发走了。

我爸的学业就此中断，他在上海，只读了两年半的书。

我爸对我爷爷一直有着抱怨。"糊涂虫，糊涂了一辈子。"我爸如此评价我爷爷。

摊上这样一个诸事不问、只管玩乐的父亲，做孩子的自然很辛苦。我爸是家里长子，上面虽有两个姐姐，可作为家里最大的男丁，他六七岁就能去老街上的典当行当东西，换回大米。大凡家里跑腿的事，也都归这个六七岁的孩子管。

我爸生得聪明伶俐，他看典当行的老板，躺在摇榻上翻一本古书，心生羡慕，萌生出要读书的念头，长大了也要当典当行的老板。他怀抱着这个梦想，奔向我爷爷去，我爷爷却对他的梦想无甚兴趣，对他的读书，也无甚兴趣。因拖欠学费，我爸不得不离开上海，我爷爷也是一点愧疚也没有的。台上的红粉水绿，咿咿呀呀，那才是他全部的喜乐。

隔两年，我爷爷也回到苏北乡下来。是因为上海发生动乱，还是因为他又混不下去了，不知。上海的那个小阁楼他不要了，他身无分文地回到我奶奶身边。家里的穷困，似乎落不到他眼里一点点，他一天三顿喝着野菜稀饭，也还有闲心扎风筝，还在门口种花，种牡丹和芍药，开出一大片碗口大的红艳艳的花。

我爸十六七岁时，吾乡学校招人，我爸又去读书，是半工半读。多是二十岁上下的青年人，他们学写小楷，学珠算，学诗词音律。

我爸写得一手好小楷，中楷、大楷也都来得。从我有记忆起，腊月脚下，我家就天天人爆满，热闹得像赶集的，人人腋下夹一张红纸，来托我爸写对联。我们兄妹帮着裁纸，忙得不亦乐乎，家里成了红海洋。

我爸打起算盘来，也是双手飞快，噼里啪啦。队里年终分粮，都是我爸拿了算盘，在一旁帮着算账，分毫不差。

我爸还会很多乐器，笛子，手风琴，口琴，二胡。吾村好多年里，都有新年文艺会演，有挑花担的，二十出头的姑娘，化着浓妆，胭脂口红，都是艳到极点的，看着美。她在二胡的伴奏下，唱着杨柳叶子青啊啦，扭着小蛮腰，一步三晃，从这个生产队，晃到那个生产队，如仙女衣袂飘飘。一群人也就跟着，从这个生产队，跟到那个生产队，追在后面看。我那时也追着，除了喜欢看挑花担的姑娘，也喜欢花担上的绢花，红红黄黄紫紫，艳得不行。我趁人不备，偷偷扯下一枝来，回家插酒瓶子里。过年的快乐里，这是独占一份的。

新年文艺演出，我爸是总策划、总导演，兼总乐师、总指挥。从节目的编排，到曲子的成谱，到歌词的敲定，到演奏，都是我爸一手包办。我爸人又生得像《望春风》里唱的，果然标致面肉白。放到今天，那是很文艺范儿的，很得一些女人赏识。有女人织了毛衣送我爸，我妈傻乎乎的，感激得不得了。我姐那时初谙人事，跟我妈说："我爸一定是跟这个女人好。"我妈也还不信，毛衣却再不曾见我爸穿过，下落不明了。

我爸在半工半读时，成绩优异，又吹拉弹唱，无所不能，一时成了风云人物，还当上学生会主席。

这样的风光，却不敌现实的残酷。我爷爷我奶奶无钱再供我爸上学，我爸勉强念完小学，本想去学医的，我爷爷我奶奶却不同意，迫切要他回家，扛上家庭的重担。我爸妥协了，这一妥协，他的人生路，从此彻底改变。

我爸后来的发展路径，印证了这样一个简单道理：有什么样的选择，就有什么样的人生。和我爸同学的那一帮青年，都成了各界精英，最差的也混了个小学教师，只我爸一辈子困于乡野。一个人再要强，有时，也犟不过命。所谓时运不济、生不逢时，我爸算一个。

和我爸探讨过这样一个问题，假如，我这么假如了一下，假如他当年真的学了医，进了某家大医院，"文革"时，像他这破落地主家庭出生的人，能侥幸逃脱么？命能不能保下，都有另一说了。淹没于荒野，到底受冲击小了许多，扎根的土壤也要牢固许多。

我爸思索良久，点头称是。

冲着这一点，我爸倒应该感谢我爷爷的糊涂。祸兮福之所倚，福兮祸之所伏，老子他老人家真是伟大。

我姐19岁那年，因小时的烫伤，脚要做皮植手术，是我陪我姐去的医院。

是南京的一家医院。医院里的外科主任，是我爸的小学同学。我爸写了一张纸条，让我们带去，很自信地说："他见了纸条，会接待你们的。"

我们没费什么劲，就打听到那个外科主任。他本来架子端端的，可一见到纸条，立即对我们热情得不得了，安排我姐住院，且由他亲自开刀。他询问了我爸许多近况，盯着我们看了又看，说我和我姐的眼睛跟我爸长得一模一样。"他那双眼睛很有特色。"外科主任说，又道："你爸绝对是个很有才华的人。"

我爸还有同学在做校长。我上小学时，小学里的校长是。我上中学时，中学里的校长也是。我爸去我学校，平日里严肃端正的校长，竟满面春风迎我爸到办公室坐，他们面前搁一杯茶，聊到高兴处，都发出爽朗的笑声。我得意，装作不经意地，从校长室门口走过，却还是忍不住告诉同学："看，那是我爸。"

我爷爷的糊涂愚昧，耽搁了我爸一生，我爸立志等他做了父亲，要做出一个崭新的来。有了我们兄妹四个，我爸倾尽全力培养。他把读书，当作我家头等大事，一遇读书，诸般事情都要让步，即便砸锅卖铁，也在所不惜。一字不识的我妈，对我们的读书，也持相当宽容的态度，地里活儿再忙，只要我们假模假样捧一本书在读，她是决计不会叫上我们的。

我们兄妹四个，都是书读到吃不进去了，我爸才认输。我姐初中没毕业，就回了家，是她自己不想念了的，相比较读书，她更喜欢田野的自由。我大弟是聪明的，只是太贪玩，他初中考高中，复读两年才考上。高中毕业，又复读两年。可惜他的心思只花在恋爱上，没用在读书上，他自觉无趣，不再读了，去学了电工。我小弟初中复读两年，是想考小中专的，后来还是念了高中。高中毕业，复读一年，小弟灰了心，不准备再读书了。村里人家请了和尚来做道场，我小弟去看热闹，瞧见那些小和尚，敲敲木鱼念念经的，活得蛮轻松，就想跟在后面做和尚去。我爸把他的书本及被褥捆扎好，驮到车架上，让我小弟坐上面，把我小弟直接给押送到学校去了。我小弟后来考上警官学校，成了吃公家饭的人。我爸是这么来形容他的高兴心情的，他说，虽是广种薄收，也总有收成的。

我的读书，算是兄妹四个中最好的，但我爸也没少操心过。小学时，为我转学的事，我爸跟小学校长差点打起来。初中时，因某地教学质量好，我爸想尽办法，把我塞进去。高中时，因与老师起了冲突，我闹着要转校。我爸听信了我的话，骑上他那辆破自行车，四处奔走，托人找关系，天黑了，他还在外头奔波。

我因严重偏科，英语成绩羞涩得可怜，一百分的总分，我考了三十多分。高考之后，也复读一年，这才考上一所大专院校。拿到录取通知书，我是失望的，我是想读新闻专业的，最后却不得不读了师范。在我爸，已是满足得不能再满足了，他广为传播，在家大摆宴席，亲朋好友，一一被请了来，甚至平时走动极少的远房本家，也一一被请来席上坐。

彼时，方圆几个村，我是唯一的女大学生。

有几个温馨的小记忆，我想记下来，关于我和我爸的。

我4岁，或是5岁。月亮的天，我爸，我妈，和我，一起走在月亮下面。我妈那么温柔，我爸那么温柔，他骑着一辆借来的自行车，车后驮着我妈，车前杠上坐着我。我们沿着月光的小路，一路向前。田野里的麦香，和蚕豆花香，浮游在夜风中。他们嗯嗯说着什么，笑声也轻。那时那刻，世上所有的好，仿佛都聚集到一辆自行车上了。我不知道怎么表达我的快乐才好，我就啦啦啦、啦啦啦地唱。我爸低头，用胡茬扎我的脸，说："我家小丫头还喜欢唱歌的。"

也是这个年纪，我躺在队里晒场牛屋的床上。半夜里，发现身边睡的不是我爷爷，而是我爸。我爸什么时候来的，我一点不知。我爸见我醒了，笑了，捉住我的小胳膊，轻咬一口，说："你怎么这么瘦啊小丫头。"

上小学，我从学校捡回红的白的粉笔头，伏在小凳子上，照着墙上相框里的照片画人像。那相框里有我大弟的照片，有我爸的照片，那是我爸带我大弟去上海看病，在城隍庙照的。照片带回来，好多人挤在我家里传看，那会儿，乡下人能见着照片的，极少。大家都说拍得好，跟真人一模一样。戴木匠的女人，还特意要走一张我大弟的照片。

我正专注地画着，耳朵画成红的，都画到脖子上去了。我爸不知什么时候，弯腰在我身后，他握住我的手，教我："耳朵应该这样画，衣裳应该这样画，衣裳上还有扣子的对不对？对了，这么画。"小矮凳上，一个笑微微的"爸爸"，出现在我跟前。后来好长一段日子，我迷上了画画。

是这年夏天吧，我爸去老街上有事，给我买了一双塑料凉鞋带回来，白色的。那天，刚好隔壁村放电影，我穿着这双凉鞋，牵着我爸的手，去看电影。我每走一步，都把脚抬得高高的，我是恨不得全世界的人都知道，我穿了一双新凉鞋。黑天里什么也看不见，那双凉鞋的白，却极其耀眼。

我八九岁时，出水痘，我爸在他处带民工挖河。那时，吾乡一到冬天农闲，就要组织民工，四处去疏浚河流。这里的民工去往那里，那里的民工调到这里来。我家里曾住过他村的民工，他们在我家堂屋里打地铺，我奶奶捧了厚厚的稻草给铺了，那样的"床"，散发出极浓郁的稻草香。晚上，民工们凑在一起打牌，我们兄妹几个在旁边观看，看到夜深，还意犹未尽。家里住着这么多的人，真让我们兴奋，我妈得一个一个把我们捉上床才行。灯熄，堂屋里的鼾声此起彼伏，我们的房门没关，听得清清楚楚，一个夜，竟安静幸福得不得了。

那时候，谁会防着谁呢？——谁也不用防着谁的。所有的微笑，都是发自内心。所有的相待，都是拿出本心。也还跟洪荒年代似的，在自然界最初的法则里，人与人，只有拧成一股绳，才能更好地生存。

我爸负责一支工程队，带了上百个民工，吃住都在工地，十天半月都难得回一趟家。我出水痘的消息，我爸听到，他连夜赶回，顶着一头的霜雪。我看到我爸，高兴得病也似乎好了，我对他说："爸爸不要走。"我爸弯腰在我床头，很温柔地答应："好的，爸爸不走。"

十几岁时，我爸陪我去商店扯布，做过年的衣裳。商店里也有来挑布的，是几个女人，她们看着我，说："这孩子长得多好看啊，像昨天晚上电视上看到的。"

我爸本来已挑好一块布，却突然改变主意，重新挑了一块较贵的料子，淡蓝的底子，碎粉的花。他跟我提到两个在我那时听来，很新颖的词，一个是素淡，一个是优雅。他说："女孩子要穿得素淡一点，才显得优雅。"

这两个词，从此被我收藏。

我爸一直试图改变命运。

吾乡招考农技员，我爸报名了，是年，他50岁。

一同报名的，还有我小娘娘——我爸最小的妹妹，我爸是把她当孩子来养的。

他们躲进村里一户人家的小阁楼上复习，如同过去小姐坐闺房，足不出户了，饭都是我妈送了去。一个月后，我爸考上了，我小娘娘却落了榜。我爸做了村里的农技员，有正式任命的证书。

我爸跨入到村干部的行列，这让他扬眉吐气。他走起官步来，双手背在身后，腰杆笔直，走在田埂上，视察农田，像古代帝王视察他的疆土。他还不时地在广播里讲讲话，对着全村的村民，什么时候棉花该播种了，什么时候水稻该泼浇了。他指挥着村民种庄稼，像指挥着千军万马上战场。我笑他虚荣，我爸很正式地说道，他的证书，是千真万确的，是有技术含量的。

我爸做到65岁上，才从这个岗位上退下来。家里还不时有村民上门来找，他们只认他这个老农技员的。

我爸奋发图强的时候，我爷爷通常已骑上他那辆二八自行车，去了老街。他一大早出门，到晚上才回来，什么也没买，他只是看街景去了。

郑板桥写，难得糊涂。郑先生写这四个大字时，是很纠结的吧，他一辈子也没真正糊涂过，仕途不顺，穷困潦倒，卖画为生，世态炎凉皆落他眼底。他向往糊涂，做人若做到糊涂的分上，是境界，是福分。我爷爷比郑先生幸运，他根本无须修炼，自然天成。他诸事不问，怎么着都是好的，倒保留了内心最初的澄明清静。又省了麻烦，别人是懒得跟一个糊涂人计较的。我妈那么火爆的脾气，与我爷爷却连口角也不曾有过一回。

我考上大学，在外地。我爷爷去看我，我把他安排进男生宿生，跟一个男生睡在一起，他居然能一待就是半个月。我上课，没空陪他，他就自己去街上转，回来，告诉我，那么多的车啊。那么多的人啊。那么多的高楼啊。

我结婚成家，最初是在一个小镇，离老家也就三四十里地。我爷爷三天两头骑了车去我那里，有时在我家住上一宿，有时不。四处转转看看，他就很高兴了。只有一回，他拉着我的手说："伢儿，我是走一回少一回啊。"那是他说的唯一的伤感的话。那会儿，他七十好几了。

十年后，我搬离那个小镇，一去上百里，我爷爷再没到过我家。每次我回老家，我都说要接他来城里玩，我爷爷很高兴地等着，然因这样那样的原因，最后都没能成行。

我爷爷到 86 岁了，也还能骑着自行车，去老街上看街景。后来骑不动了，他就拄着拐，挪去村部小商店那里。那里人多，他撑在那儿听人闲聊，一撑就是大半天。

我爷爷活到 92 岁，寿终正寝。面容如活着时一样，笑眯眯的，像个老顽童。

我爸总结："你爷爷玩乐了一世。"

一屋的亲朋都笑了，人声喧喧。活到我爷爷这般年纪老去，丧事是当作喜事来做的。

我很想在我爷爷的墓碑上刻上这样一行字：

　　这里躺着一个可爱的好玩的老头

但按吾乡风俗，刻碑这件事，怎么着也轮不上我这个小孙女的。我咽了咽唾液，终没把这个想法提出来。

我姐告诉我一件事，说我考大学那两年，爷爷天天早起焚香，祈祷我能高中。

这件事，爷爷一直没对我说过。

春日暖阳，老家屋后，红旗河边的柳，已堆积成烟，我

278

多少人事，
都被历史的风尘，
淹没得严严实实，
再无痕迹可寻。

有等待的人生，多么丰盈富足。等着等着，花就开了。

爷爷下了葬，埋在老家的桑树地里。那些桑树，曾养过许多的蚕。

我去送葬。看着那方装了他骨灰的小盒子，慢慢地，一点一点，被土掩了。

起风了。亲人们站着望一会儿，也都散了。

唐代李咸用的《早秋游山寺》中，有这么几句："至理无言了，浮生一梦劳。清风朝复暮，四海自波涛。"人生有时真的不过浮梦一场，终归于寂寂与寥寥。

盛夏的果实

我情愿这样想，有些人的诞生，是为了永恒。

乡村的盛夏，有着最为饱满的繁华，花开得欢，瓜果结得实。那些瓜果不是一只只，而是一篮篮，是必须用篮子装的。每家地里，都牵着绕着无数的藤蔓，上面挂满果实，丝瓜、黄瓜、香瓜、扁豆……哪里能数得清？

我回乡下看父母，住在父母的老房子里。房前是一排一排的玉米，我望着玉米笑，想起小时偷集体地里玉米棒的事来。那时，提着篮子在玉米地里割猪草，割着割着，趁人不注意，掰下一颗嫩玉米棒，就往怀里藏。走路上，像只胖胖的小熊，自以为没人看见。其实，大人们都心知肚明着，知道这孩子怀里藏着什么。他们只是笑笑，不说。他们宽容着我这点私密的拥有和快乐。等回到家，我立即迫不及待把玉米棒放到灶膛里，烤。灶膛的火，映红一张兴奋的小脸。只半盏茶的工夫，玉米粒的香味就四溢开来，真浓烈啊，会香一整个晚上。现在城里的饭店里，有用嫩玉米粒做菜的，和着虾仁炒，油水淹着，是乡下女子化了浓妆，失了她的本真。我还是喜欢烤着吃或煮着吃，一咬一大口，香味隽永。

院子里的梨树，是我上大学那年栽的，二十来年过去了，它依然长势良好。年年夏天都会挂很多的梨，树枝因此笑弯了腰。我坐在窗前望它们，心里有甜蜜的汁液淌过。时光温存，我和一树的梨子对望。一排风吹过来，再吹过去，风中满是草的香味瓜果的香味，青翠明艳。我以为，乡村的味道，是染了颜色的，是黄黄的香、绿绿的香。

黄的是花，是密集的丝瓜花黄瓜花。有的齐聚在屋顶上，有的攀爬到一棵树上，在半空中笑清风。还有大朵大朵的南瓜花，开在地上。南瓜小时是吃怕了的，上顿下顿都是它。它比其他农作物好长，一粒种子下去，很快，会长出一大蓬来。牵牵绕绕中，花一朵一朵开了，繁荣昌盛得不得了。不几日，花谢，南瓜争先恐后地结出果来。这个时候，它们开始奔跑起来，活像野地里的孩子，见风长，不出十天半月，就长成一个一个的胖娃娃，淘气地卧在肥阔的叶子中间。现在城里人的饭桌上，南瓜被当作宝贝，切成一片一片的，放了糖蒸，用雕花的白瓷盘装着，特别诱人食欲。

母亲问："记得不，那个捧着大南瓜笑着的丫头？"我的思绪轻轻绕了个弯，隔着遥遥的岁月望过去，有淡淡的哀痛浮上来。当年那个小丫头，和我同桌，10 岁，有一张圆圆的脸。那年，她家里南瓜丰收，她捧着一只大南瓜，站在风里笑。不久之后，她大病，夜里起床喝凉水，受了风寒，竟死去。

现在，无数个夏天过去了，她永远是 10 岁的那一个，在记忆深处笑着、灿烂着，捧着一只大南瓜。

这，大概就是永恒了。

我情愿这样想，有些人的诞生，是为了永恒。就像 10 岁的那个小丫头。我情愿相信天堂之说，觉得好人都去了那里。那里，一定也有大片的南瓜花开。在盛夏，也有瓜果成篮地装。

我们只不过隔了一段距离，在各自的世界里安好。

第七辑
风知道

没有谁的记忆，比风的记忆更长久。我们以为许多的经过，经过就经过了，了无痕迹。其实，风都给细细收着呢。

风知道

　　万物生长，都离不开风的。

一

　　长得好好的文竹，一些日子后，竟莫名其妙枯死。

　　我试过一盆，又试过一盆。无一例外。

　　百思不解。我去请教花农。

　　花农扫一眼我枯死的文竹，说，它不是缺水，不是缺肥，它是缺风了。

　　缺风?

　　我怔怔。这新鲜的提法，我是第一次听到。

　　花农解释，你一定是把它放在室内，很少通风，它是被闷死的。

哦。我看到他的小屋门前，一盆盆凤仙花，在风中，盛开着，精神抖擞，喜笑颜开。

万物生长，都离不开风的。这个常识，却被我们天长日久地忽略着。

二

我站在一座桥上，等风。

夏天的夜晚，风捎来太多的好意。草木的清香，露珠的清凉，虫子们的欢唱，还有，幽深幽深的静谧。

多年前，我还是个小小女孩时，住在乡下。每个夏天的夜晚，我们早早搬出纳凉的凳子，坐在外面，等风来。

我们在门口的晒场上等风。晒场边上，长南瓜长丝瓜长向日葵，还长青椒和茄子。不远处，稻田里的水稻们，已沸沸扬扬开着碎粉的花。蛙们齐齐演奏，如吹萨克斯。

风来，步子迈得碎碎的。摇落一些花朵、露珠，和虫子的叫声，轻且温柔的。

乡人们手把蒲扇，眼望着繁星密布的夜空，有一搭没一搭地摇着，聊着天。风拂过他们黝黑的脸庞、胳膊和腿，他们很感激地轻叹一声，多好的风啊。白天再多的劳累和不堪，也被那样的风抚平了。人与人之间，即便有过芥蒂，也都能原谅的了。

夜过半，他们满足地拍拍被风吹凉的身子，道声别，各回各的家去睡。一片风，也跟着他们走进屋子去。

真怀念那样的夏夜，风自在，人安好，岁月不惊。

三

我把从海南带回的一只贝壳风铃，挂在屋门口。

一阵风来，风铃发出欢快的鸣唱。

我出门时，它在欢唱。我进门时，它在欢唱。

风不停，它的歌声就不会停。

我走过它身边，自觉不自觉地会抬头看看它，看着看着，就微笑起来。那日的沙滩、海浪、椰子道，和邂逅到的陌生人，一一涌现。

没有谁的记忆，比风的记忆更长久。我们以为许多的经过，经过就经过了，了无痕迹。其实，风都给细细收着呢。

受伤了，不妨去风里走走。

风知道一个人的疼痛，有多深。

眼泪掉进风里面。

风默默接纳、倾听，并一一替你拭干。

哦，只要天不塌下来，就没什么大不了的。在风里静静待一会儿吧，哭一哭，就好了。

　　风同样知道一座山、一块石头、一堵墙、一幢老房子的秘密。

　　我们说，是时间削平了所有。我们在"消失"面前，惆怅，悲伤，不能自已。

　　这个时候，风躲在一旁窃笑。哦，这世上，哪里有真正的消失呢？所有的秘密，都悉数被它带走了。

　　风最后也会把我们带走。

　　我们从风里来，最终，都将回到风里去。

四

　　季节的秘密，瞒不过风。

　　春天，哪棵小草先发芽，风知道。秋天，哪片树叶要凋落，风知道。

　　风唤来雪花的时候，是很冷的冬天了。

　　风送走最后一朵蔷薇的时候，夏天的蛙和蝉，开始断续地叫起来。

　　风知道一座山的前身是什么。风知道一条河流，为什么瘦了。

　　风知道什么样的鸟，会唱什么样的歌。

风知道天空中的哪弯彩虹，藏在了雨的后面。

风把一粒种子从一个地方，带到另一个地方。风把岁月，从远古的洪荒年代，带到今天，且带向无限去。

岁月再久，哪里久得过风?

世界再大，哪里大得过风?

在遥远的莫尔道嘎，我对着一丛马铃兰发愣。山坡上放牛的妇人笑着对我说，只等南风一吹，这马铃兰就全开了，可好看呢。

在人迹罕至的荒野的河畔，我相遇到故乡的苇和蒲，还有枸杞和刺儿草。几千里之外，它们惹得我的眼睛，一阵阵发热。

风轻轻走过它们身边，不动声色。

惊　蛰

生命的春天，就这么欣欣向荣起来。

3月5~7日，桃始华、鸧鹒鸣、鹰化为鸠。花信三候：一候桃花，二候杏花，三候蔷薇。

惊蛰是有着大动静的。

惊蛰当然有着大动静。

万物还都懒洋洋地在做着梦呢，完全的没有提防，平地突然一声雷动，震耳欲聋，真正是吓了一大惊的！

沉睡的土地，被惊醒了。

沉睡的山川，被惊醒了。

沉睡的草木，被惊醒了。

虫子们最不经吓，一声巨响，把它们惊得从梦中一跃而起。

农谚有："惊蛰节到闻雷声，震醒蛰伏越冬虫。"说的就是这么回事。那场景稍想一想，就让人忍俊不禁：是你踩着了我的脚，我撞着了你的头，挤挤挨挨，仓皇奔走。惊呼声四起，是哪里的巨响？发生什么事了？

总有一两只胆大的虫子，率先破穴而出。探头一看，土地松软，小草吐芽，花朵含苞，空气湿润甜蜜。

哎呀呀，原来是春天回来了呀。

于是乎，万虫欢呼雀跃，奔走相告，春天来了！春天来了！

一个世界，跟着鼎沸喧腾起来，冬天的沉重，一掀而去。"惊蛰过，暖和和，蛤蟆老角唱山歌。"——瞧瞧，日子多好，开始要唱着过了。

农夫们休息了一冬的锄头，也痒痒得很了。春播秋收，这是每个农夫都懂的道理，也是每把锄头都懂的道理。"过了惊蛰节，锄头不能歇"，啊，它们早就候着呢。

诗人写惊蛰，更像拍摄的纪录片，有声有色：

促春遘时雨，始雷发东隅。众蛰各潜骇，草木纵
横舒。

生命的春天，就这么欣欣向荣起来。

惊蛰这天，民间照例要举行一些仪式，比如，"打小人"。说的是惊蛰这天，虫子出来了，小人也出来了。各家都要跑去庙里寺里去，鞭打泥塑的小人，以保一家老小平安。

还有一风俗，委实有趣得很，名曰"炒虫"。惊蛰雷动，百虫"惊而出走"。人们面对虫子兴盛之场景，不无忧虑地想着，任其发展下去可不得了哇，这家园还不成虫子的家园了？他们想出法子来对付。这法子就是，把"虫子"给炒熟了，吃下肚子去。多干脆利落！

　　其实，哪里是拿真虫子来炒呢，不过是用豆子或玉米粒代替了，吓唬吓唬虫子们。"虫子"炒熟后，盛在浅口的筐筐中，全家人团团围坐在一起，你抓一把，我抓一把，边吃边欢叫："吃炒虫子喽！吃炒虫子喽！"有时，乡邻之间，还展开比赛，看谁吃得多、吃得快、嚼得最响。大家都要来祝贺获胜的那个人，祝他为消灭害虫立了功。

　　人到底是善良的，也不是动真格的，真的就要灭绝了虫子们。他们所使的招数，纯粹是找个乐子，为春耕助把兴的。

春　分

真个是花俏她也俏，盛年锦华。

3 月 20~21 日，玄鸟至、雷乃发声、始电。花信三候：一候海棠，二候梨花，三候木兰。

到春分，春天已很春天了，华衣锦服，环佩叮当，山花插满头。

真个是花俏她也俏，盛年锦华。

其实，她更像个古怪精灵的小丫头，被大人管束得厉害，在人前，也假装端着淑女的架子。一俟转身，剩她一个人了，她本性暴露，完完全全放开手脚，撒开脚丫子就奔跑起来。一路跑，一路泼洒着她早就积攒好的颜料，或红、或白、或粉、或黄、或紫。泼洒到哪里，哪里就开出花来。桃花、杏花、梨花，再不开，就来不及了呀。你走过它们身边，仿佛就听到这样的话语。生命总要激情燃烧一回，才不枉活过一场。

菜花，还有南挪北移来的樱花、海棠和紫荆，再加上一些小野花。哪一朵，不是在不要命地开着？哪一朵，不是极尽好颜色？又哪一朵，不是富足华丽的？

这个时候，哪一处都是美的，哪一处都入得了景。人差的就是眼睛了，多想再多生出几双眼睛来，把这美景都看遍。不，不，还是最好变成鸟吧，大声鸣唱着才行。在花树间唱。在绿草地上唱。在河边的柳树上唱。在冰雪消融的山头上唱。

一千多年前的书法家徐铉的春分，逢着雨了。他写："天将小雨交春半，谁见枝头花历乱。纵目天涯，浅黛春山处处纱。"读着，恍惚，仿佛时光从未曾走远过。它一直还停留在那样的春光里，一样的枝头花开灼灼，一样的山抹青翠。

连惆怅，也是一样的。"焦人不过轻寒恼，问卜怕听情未了。许是今生，误把前生草踏青。"美到极致的景致，总容易让人忧伤。是轻轻一拨动，就响彻心房的那个"情"字，前世今生，几多相逢，又几多错过。生生叫人剪不断，理还乱！

乡下的春分，却一点也不惆怅，春耕大忙着呢。农谚有："春分麦起身，肥水要紧跟。"古诗里也云："夜半饭牛呼妇起，明朝种树是春分。"到处是一片繁忙景象，哪有闲工夫去触景伤情。

我去乡下看菜花。我妈整个人，淹在一片菜花地里。她在给里面的蚕豆追肥。菜花的花粉，扑她一身，她是黄灿灿的一个人了。我为那美，惊得说不出话来。我妈直起身，她身前身后的菜花，立即摇动起来，花粉乱溅。她看着我笑，说："再过些日子，你就有青蚕豆吃了，到时，你要家来吃啊。"完全不应景的一句话。在她，日日与菜花相伴，早已融入其中，妥妥帖帖。儿女才是她永远的关注和牵挂。

我跟着我妈回家。一路走，一路触碰着那些花。春天沾在我的衣袖上了。我妈背影里，更是驮着春天。我看着，心波流转，一时间，竟不能自已。

晚上，我读到一个孩子写来的信：

我有一个梦想，希望全世界的花都好好地开。

种点什么吧，在春天

有等待的人生，多么丰盈富足。等着等着，花就开了。

一

种点什么吧，在春天。

就种几朵小花吧。就种两棵小树吧。就种一盆小草吧。或种瓜种豆。种葱种韭。

种等待。

有等待的人生，多么丰盈富足。等着等着，花就开了。等着等着，叶就葱茏茂密起来。小草成茵。瓜果累累。葱绿韭肥。季节里，还要怎样的好？

实在没什么可种，我们还可以种几片阳光、一点善心。

携着阳光前行，不漠视他人的苦痛。不嘲弄他人的缺陷和失误。心怀感恩与怜悯，在能伸手相助的时候，尽量伸出你的手。那么，这个世界，将会长出多少绚烂的美好。

二

海边无人，空旷辽远。

几朵野菊花，在将绿未绿的茅草丛中，欢颜轻绽，清香暗播。

风来，它笑。云走，它笑。鸟叫声在远处啁啾，它笑。泥土在它身下喧腾，它笑。三五点艳黄，就把一个春天驮在身上。

你不知道它，有什么要紧呢？它在，便是满满一个世界。

向一株植物学习吧，在该绿的时候，拼命绿。在该盛放的时候，拼命盛放。你看见，或者没看见，它都在那里。天晴时绿着，开着花。天阴时，还在绿着，开着花。只要心中有晴天，便日日晴着。

三

下班回家，偶抬头，被一个浑圆的春天的落日吓住。

隔着一些房屋，隔着一些树木，隔着一些河流，隔着一些山和溪谷，它像朵大红的木棉花，开在天边。

艳。惊艳。人一时半会儿动弹不了，只呆呆站立着，望着那朵"花"。眼见着它一点一点小下去、小下去，小成核桃。最后，像块糖似的，慢慢化了，天边绯红成海洋。

我的心里一边欢喜，一边疼痛。我不知道我为什么要疼痛。天地间有些美，真叫人承受不住，你没有办法的，你只能被它俘虏、融化。我想象着那种甜，似蔗糖，如奶油，浸得每一丝云彩，都变得黏稠。

黛色从四周涌上来，潮水一般的。而月亮已迫不及待出来了，一枚鹅毛在飘。又像宣纸上，描上了半朵白莲花。这时，天地间被一种奇异的色彩笼罩着。红也不是。黄也不是。青也不是。蓝也不是。却是炫目的，金碧辉煌。

白天和黑夜的交接，原是如此的隆重与华丽，妙不可言。

四

晚上散步，路过一个小亭子，我走进去。

空气是暖的。树的影子，在地上晃。风浅淡得若有似无。透过树梢，我看到天上一个鱼丸子一样的月亮。音乐和人的声音，响在不远处，那是跳舞健身的人们。草的清香，树上嫩芽的清香，把一切衬得无比幽静，又无比甜蜜。

这个时候，我只觉得样样都是好的。春天是好的。树是好的。草是好的。月亮是好的。音乐是好的。跳舞的人们是好的。我也是好的。

因为我在这里，因为我没有错过，我感动得想落泪。

五

柳该堆烟了吧？桃花快开了吧？乡下的麦子，已浩荡成绿波浪了吧？

母亲说，今年燕子又到家里来做窝了。

是吗！我高兴地说。微笑间，春天已盛装而来。

那么，许自己一段闲暇吧，在这个春天，去捡拾一些久违的小欢喜。蘸几声鸟鸣。拌几滴雨声。采几点新绿。喝一杯下午茶。或者，轻枕春风，听听花开草长的声音。看白云悠悠，荡过万里晴空。或者，就着黄昏，读一段童话。

是的，不管季节走多远，我也一定相信童话相信美好，不让心在纷繁芜杂中走丢。

醉太阳

　　春天，在阳光里拔节而长。

　　天阴了好些日子，下了好几场雨，甚至还罕见地，飘了一点雪。春天，姗姗来迟。楼旁的花坛边，几棵野生的婆婆纳，却顺着雨势，率先开了花。粉蓝粉蓝的，泛出隐隐的白，像彩笔轻点的一小朵。谁会留意它呢？少有人的。况且，婆婆纳算花么？十有八九的人，都要愣一愣。婆婆纳可不管这些，兀自开得欢天喜地。生命是它的，它做主。

　　雨止。阳光哗啦啦来了。我总觉得，这个时候的阳光，浑身像装上了铃铛，一路走，一路摇着，活泼的，又是俏皮的。于是，沉睡的草醒了，沉睡的河流醒了，沉睡的树木醒了……昨天看着还光秃秃的柳枝上，今日相见，那上面已爬满嫩绿的芽。水泡泡似的，仿佛吹弹即破。

　　春天，在阳光里拔节而长。

天气暖起来。有趣的是路上的行人，走着走着，那外套扣子就不知不觉松开了——好暖和啊。爱美的女孩子，早已迫不及待换上了裙装。老人们见着了，是要杞人忧天一番的，他们会唠叨："春要焐，春要焐。"这是老经验，春天最让人麻痹大意，以为暖和着呢，却在不知不觉中受了寒。

一个老妇人，站在一堵院墙外，仰着头，不动，全身呈倾听姿势。院墙内，一排的玉兰树，上面的花苞苞，撑得快破了，像雏鸡就要拱出蛋壳。分别了一冬的鸟儿们，重逢了，从四面八方。它们在那排玉兰树上，快乐地跳来跳去，翅膀上驮着阳光，叽叽喳喳，叽叽喳喳。积蓄了一冬的话，有得说呢。

老妇人见有人在打量她，不好意思地笑了，先自说开了，"听鸟叫呢，叫得真好听。"说完，也不管我答不答话，继续走她的路。我也继续走我的路。却因这春天的偶遇，独自微笑了很久。

一个年轻的母亲，带了小女儿，沿着河边的草坪，一路走一路在寻找。阳光在她们的衣上、发上跳着舞。我好奇了，问："找什么呢？"

"我们在找小虫子呢。"小女孩抢先答。她的母亲在一边，微笑着认可了她的话。"小虫子？"我有些惊讶了。"我们老师布置的作业，让我们寻找春天的小虫子！"小女孩见我一脸迷惑，她有些得意了，响亮地告诉我。

哦，这真有意思。我心动了，忍不住也在草丛里寻开了。

小蜜蜂出来了没？小瓢虫出来了没？甲壳虫出来了没？小蚂蚁算不算呢？

想那个老师真有颗美好的心，我替这个孩子感到幸运和幸福。

在河边摆地摊的男人，不知从哪儿弄来一些银饰，摆了一地。阳光照在那些银饰上，流影飞溅。他蹲坐着，头稍稍向前倾着，不时地啄上一啄——他在打盹。听到动静，他睁开眼，坐直了身子。我拿起一只银镯问他："这个，可是真的？"他答："当然是真的。"言之凿凿。

我笑笑，放下。走不远，回头，见他泡在一方暖阳里，头渐渐弯下去、弯下去，不时地啄上一啄，像喝醉了酒似的。他继续在打他的盹。春天的太阳，惹人醉。

夏　至

天地绵长，哪一日不如同恩赐？

6 月 21 日~22 日，鹿角解、蜩始鸣、半夏生。

下了一天一夜的雨后，天放晴，气温一下子窜上去十来度，蝉鸣蛙叫的，夏天便很夏天了。

楼下人家长的豇豆开花了，淡紫。丝瓜也开花了，艳黄。还有南瓜，还有黄豆，都开花了。一朵一朵，登高爬低的，欢笑喜悦。

还有荷。城郊有塘，里面植荷数棵。我前日去看，也都含苞了。想这两天，有的，该绽放了吧。"绿筠尚含粉，圆荷始散芳"，天地绵长，哪一日不如同恩赐？

夏至了。

我觉得这个节气的叫法，委实直白。像随随便便招呼一个人，哦，你来啦。那边也是随随便便地应一声，是的，我来啦。轻浅的，骨子里却是亲热熟稔的。

先人用土圭测日影，首先确定的就是夏至这个节气，"日北至，日长之至，日影短至，故曰夏至。至者，极也。"我在山西灵石县的王家大院，见过这样的土圭，用来测时辰的。人的聪慧，真是深不可测。

民间在夏至日这天，照例有些老风俗。有的地方有吃夏至面的传统，"吃过夏至面，一天短一线。"有的地方则是吃馄饨，"夏至馄饨冬至团，四季安康人团圆。"新麦飘香，其实，人们也就是找个由头，尝个新，合家美美吃上一顿。

我的家乡，却只把这天当寻常过，面也不吃，馄饨也不吃。口福却不浅，地里的瓜果，渐渐熟了。黄瓜、香瓜、西瓜，一个赛一个欢实。甚至还有早熟的桃。还有枇杷。随便摘着吃吧。孩子们去地里摘瓜，捧上一只，洗都不用洗。倚着一棵树，小拳头对着瓜，"啪"一下，瓜就砸开了。啃吧，像小猪一样地啃着。管饱。

我也就想到"16桩"了。

"16桩"是间瓜棚的名字。有公路穿过乡村，瓜农们在公路边搭棚设摊卖瓜。便都依了公路边的路桩叫开来，有叫5桩的，有叫8桩的。我第一次在16桩那儿买瓜，那瓜棚的主人对我说，记住啊，我是16桩。我保管你回去吃了，会觉得，你再也没有吃过16桩这么好的瓜了，你会再来买的。

五六年了，每到夏至，我会很自然地想起，他的瓜该熟了。然后，驱车近百里，跑去问他买瓜。

　　他的瓜棚总在候着，一堆的瓜，堆在瓜棚前。四五十岁的中年男人，黑且瘦着，喜听昆曲，也会哼唱不少段落。还喜翻古书。翻些四书五经类的，叫人吃惊和刮目。他最大的爱好，就是研究瓜的品种，西瓜、甜瓜和香瓜。黄皮的、白皮的、青皮的。他卖的瓜，比别的瓜摊要贵很多。他不肯降价一点点，你买再多，他也不肯降。他说，我长的瓜，就是比别人的更甜、更香，纯天然的，就值这个价。

　　我吃不出来。但我喜欢他的自信和笃定，那是种由内至外散发出来的傲气。他维护着，他的尊严，和瓜的尊严。这点很重要。

　　我再跑去问他买瓜，他未必记得我了。我不在意，我记住他就行了，还有他的瓜。一样的有骨有傲气，让人觉得，活着，还是一件很带劲的事。

小 暑

那些日子，我们都是好看的，都是一朵盛开的石竹花。

7月6~8日，温风至、蟋蟀居辟、鹰乃学习。

一进入小暑，也就进入伏天了。

我的乡下，伏天有晒伏之习俗。家家加了锁的箱笼，都打开了，里面散发出樟脑丸特别的气味。

屋门口开始壮观起来，花花绿绿的衣物，晾了一场。小孩子不顾炎热，在那些衣物间穿行，像穿行于一条又一条色彩明艳的河。觉得满足，觉得富有。

母亲也总会取出她的嫁衣——那是当年她新婚之日穿的，也是父亲送她的唯一"彩礼"。那是件淡绿的底子上，撒满小红点的中长大衣，在我和我姐的眼里，那件衣，简直堪称华丽。却从未见母亲穿过，即便她穿着补丁缀补丁的衣，也未曾动过穿它的念头。我和我姐，也曾一度渴望能穿上那件衣，母亲不让。母亲说，等你们长大了，自然也会有的。

母亲晒嫁衣的神情，既庄重，又温柔，与平日雷厉风行的母亲，大大不同。她单单牵出一根晾衣绳来，专门晒这件嫁衣。太阳热辣得晃眼，母亲却全然感觉不到似的，她在大太阳下站着，轻轻抖开嫁衣，像抖开一匹云锦。她微微侧了脸，久久凝视着嫁衣，让手从它上面，一遍一遍滑过。黑瘦的脸上，漾着笑。阳光照射着她额角的汗粒，那些汗粒，跟珍珠儿似的。母亲看上去，很有些动人了。

我们仰头看着，莫名的高兴，想唱歌。

这个时候，屋檐下的凤仙花，多半已开得沸沸的了。乡下的花，从来不需要特地栽种。它就跟鸟儿似的，就跟虫子似的，轮到它现身的时候，很自然的，它就出现了，一开一大片。红红白白黄黄，像飞来一群彩蝶。

我们看到凤仙花开，心里欢喜，啊，又可以染红指甲了。也没有谁特意教过，每个乡下的女孩子，都会用凤仙花染红指甲。还会用它编项链和耳坠。女孩子遇见，总会比试，看谁的指甲染得更红。看谁脖子上的项链，编得更长。看谁的耳坠晃动得更漂亮。美是不可湮没的，即便活在低处，它的光芒，也无处不在。

石竹花也紧着开了。这种花开得最用心不过了，每一朵，都像谁精心裁剪过似的，然后一针一线，缝制成小裙子。它真的太像小裙子了，那些粉色的，镶了花边的，裙摆张开，迎风摇曳，是一堆小姑娘在舞蹈。我们也不懂珍惜，大把大把地采摘它，胡乱插满头。那些日子，我们都是好看的，都是一朵盛开的石竹花。

一些年后，我读到唐人独孤及写它的诗："殷疑曙霞染，巧类匣刀裁。不怕南风热，能迎小暑开。"真的是如遇知音。

秋未央

不相忘，便是人世间最深的情、最真的好。

秋来了，谁先知道？是乡下的稻谷。是果园里的果树。是河畔的苇和蒲。是屋旁的银杏。我在阳台上晾衣裳，稍一探头，就与那棵银杏打了个照面，满树的叶虽还青绿着，但脉络间已描上秋的金黄的影。

秋未央。这个时候季节的丰盈，无可比拟。所有的果实都开始丰满，连雨水也是，风也是。还有白天的云彩，晚上的月亮和星星，无一不是丰衣足食的好模样。我以为，一年最好的时光不是春归处，而是橙黄橘绿时。

人很有口福了。桃不喜吃了，就吃梨。梨不喜吃了，就吃葡萄。葡萄不喜吃了，就吃苹果。瓜果们排着队，等着采摘的手来垂爱，每一只都是饱满的、浑圆的，裹着香，藏着甜。人爱用"瓜果飘香"来形容这个季节的好，这真是再贴切不过，光念念，就唇齿绕香。

狗尾巴草站在路旁傻笑，缀满全身的籽再也撑不住，"噗"一声，掉下几粒来。来年，它的脚下必是一地繁茂，它踌躇满志意气风发。想想吧，谁有它足迹宽广儿孙满堂？凡是有泥土的地方，都能见到它。它在屋角下的一只破瓦盆里。它在人家屋顶上的瓦楞间。它在高高的纳木错湖畔。它在巍峨的泰山脚下。这世上，没有它到不了的地方。古人赞，野火烧不尽，春风吹又生。那里面，断断少不了它。

这个时候，一定还有很多种子，悄悄躲入地里，埋下来年的希望和葱茏。像风潜入池塘。像雾霭潜入黑夜。春天里一页花红，一页柳绿，再一页草长莺飞，哪一页不是它早就描摹出的模样？

花已开到深深处。菊是不消说的，浓妆艳抹，华丽殷实。学校教学楼旁的凌霄花，攀在一棵树上，登高望远，举着一蓬的橘红，恨不得把花一朵一朵插到云里去。紫薇开得有些急不可耐。你要它一朵一朵地轻濡慢染？不，不，那太慢了。它干脆提了颜料桶，这里浇上一勺，那里泼上一瓢，于是乎，这里一大团粉红，那里一大团蓝紫，再来一大团象牙白。簇簇的，惊心动魄。

木槿则开得比较文静，不疾不徐。我上班的路上，经过一条河，河边植有两株木槿。我从那里来来去去无数趟，见到的都是满枝的绿叶中间，静静立着几朵粉紫的花，骨骼清秀，天荒地老的样子。我查过资料，知这种花朝开暮落，今日眼中所见之花，已非昨日之花。但它却有层出不穷的本事，这朵息了，那朵接着开，从六七月的盛夏，一直开到秋深。《诗经》里有"颜如舜华"之句，把一女子比作木槿。我想，好女子当如木槿吧，不单相貌俊美，而且遇事能够温柔地坚持。

电话响，接起，那头劈头盖脸就问，你们说过要到我家来吃石榴的，什么时候来啊？

怔怔半晌，方想起那头是谁。还是春天的时候，和几个朋友去乡下采风，进一户农家，院子里有石榴树，红灯笼似的小花朵，挂满枝枝丫丫。我们几个兴奋地围着拍照，末了，跟那家的女主人说，等石榴熟了，我们来吃。女主人相当高兴，记下我的手机号，说，到时你们一定要来啊。

我早已把这个约定忘记，她却郑重地记着，隔了百十里的路，给我打来电话，说，入秋了，我家院子里的石榴红了。

为这一句，我感动得半天无言。你对我说过的话，我都记着。我对你说过的话，也望你能记着。不相忘，便是人世间最深的情、最真的好。

白　露

这个时候，心思澄清，唯有静静观赏、静静喜悦才能消受。

9 月 7~9 日，鸿雁来、玄鸟归、群鸟养羞。

到白露，秋的模样，已渐渐明朗，眉目清晰，身段端然。

这就好比一个女孩子，幼时见她，模样并不很分明，眉眼儿混沌未开，是万千普通中的一个，你根本未曾留意。待她初长成，突然遇见，她已然出落得亭亭玉立，眉目楚楚。你委实吃惊了，感叹着，时光真像个魔术师。

秋天就是这样的。你清早起来，瞥见院子里一盆波斯菊上，息着露珠几颗。圆润的，晶莹的，染着霜色。小方砖铺的地面上，横七竖八躺着一些从院墙外飘来的银杏叶，都镶着金色的边儿，像黄花瓣。你一惊，啊，真的入秋了。

可不是。翻日历，白露已至。

真是爱煞这个词。白露，白露，你轻轻念着它的时候，唇边有点清冷，有点孤艳。纯洁无瑕，烟尘隔绝，只有好女子才配它。是在《诗经》里独立水边的那一个："蒹葭苍苍，白露为霜。所谓伊人，在水一方。"我以为，整部《诗经》，意境最美的，莫过于这首《蒹葭》了。然单单有"蒹葭苍苍"，来衬后面的伊人，还嫌单薄了，也不过一寻常画面，没有什么叫人可念可想的。一配上"白露为霜"，一旁的伊人，立马变得超凡脱俗起来。天空是那样的苍茫寥廓。秋盛开在秋里。水安放在水中。芦苇的身上，轻沾着霜一样的白露。——一首《蒹葭》，只因这"白露"在，就成了无法超越的经典。

　　从此，白露成了秋的形象大使，它在，秋才有秋的样子。历来的文人墨客，也多有着墨于它的。像杜甫，就是钟爱白露的吧，他在一首题为《白露》的诗中写道：

　　　　白露团甘子，清晨散马蹄。

　　　　圃开连石树，船渡入江溪。

　　　　凭几看鱼乐，回鞭急鸟栖。

　　　　渐知秋实美，幽径恐多蹊。

　　你瞧，白露只需在柑树的枝头上稍一露脸，秋的美好，就如同画卷一样的，徐徐展开。流连于秋色中的人，听鸟雀喧闹着归巢，方惊觉天色已晚，恋恋不舍地打马而归。他知道，明日，再明日，那些赏秋的人，将会循着白露的影子，陆续到来。那幽径之中，不知又会因此多踩出多少条的小路呢。

杜甫之后，一个叫羊士谔的文人，也极钟情于白露。他笔下的白露，更有一番清欢：

> 登临何事见琼枝，白露黄花自绕篱。
> 唯有楼中好山色，稻畦残水入秋池。

是白露催开了菊花么？一丛丛秋菊，就那样自在地，沾着白露，环绕着人家的篱笆，怒放了。黄灿灿的。登高而望，山色空蒙，秋色一点点描上。这个时候，心思澄清，唯有静静观赏、静静喜悦才能消受。

我在这样的节气里，走过一小块草地。草地的边上，有建筑正一幢连一幢地拔地而起。秋不管的，它兀自让小野菊们，黄一朵白一朵的，插满了草地。清晨的空气，薄凉得恰到好处，白露在每一朵小野菊上停留、闪亮。我止住脚步，怔怔看那些小野菊，猜想着它们是从哪里迁徙而来。又或者，这里本来就是它们的家园，只是被贪婪的我们，一日一日给侵占了。

我不知道它们在这里，还能待多久。但我知道，只要存在一天，它们就不会放弃盛开。我看见它们，就像看见故交。也没有什么别的好说的，只在心里默默地招呼一声：

嗨，你也在这里，真叫我欢喜。

霜　降

只有孩子的心，才有着霜般那样的单纯和洁净吧，相信所有，从不怀疑。

10 月 23~24 日，豺乃祭兽、草木黄落、蛰虫咸俯。

霜降时节，苏北，里下河地区，这里呈现的，是一片晚秋的景致。什么都浓烈到不能再浓烈了，颜色是。阳光是。风是。

大把的金黄。大把的阳光。大把的风。

菊花已开到很泛滥的地步。

古人多于此节气呼朋唤友，浩浩荡荡去赏菊。古籍上有描述："霜降之时，唯此草盛茂。"那时，人们把菊视为"候时之草"，自然要隆重一番，也因此留下了大量的咏菊篇章。我偏爱白居易的《咏菊》：

一夜新霜著瓦轻，芭蕉新折败荷倾。

耐寒唯有东篱菊，金粟初开晓更清。

　　小小院落，有荷塘有芭蕉，还有菊，还有霜。衰落与新生，交接得如此完美。而促成这场完美交接的，是霜。

　　我喜欢霜。

　　它是一滴雨和另一滴雨相逢。

　　一滴雨找到另一滴雨，是不是也像一个人，找到另一个人，需历经前世今生？大千世界，莽莽苍苍之中，众里相寻千百度，它们能够相逢，多不易！

　　当一夜好睡，清晨，打开门，有沁凉猛扑过来。抬眼，你看见人家的瓦片上，轻着着一层新霜。像黑夜遗留下来的一个洁白的梦。整个世界，都洁净得叫人欢喜。你脑子里飞快地想到的是，赶紧去菜场买青菜去。霜后的青菜，吸足了霜的精神魂儿，又肥又嫩，有着醉人的甜香，真正是吃了打嘴不丢。你想着要清炒着吃，或烧了豆腐吃。或做青菜饼子吃。

　　你亦想到从前，那些有霜的月夜。你和小伙伴们，赶远路去看晒场电影，奔跑在月下的田埂上。霜落在地上，像月亮的肌肤，像白糖。有阴影半遮的地方，又像圆圆的硬币。或一方帕子。总逗引得你们中有孩子，弯腰去摸——以为地上真的敷着白糖。或掉着一枚硬币什么的。也只有孩子的心，才有着霜

316

般那样的单纯和洁净吧，相信所有，从不怀疑。

霜太洁净了。洁净的东西，给人的感觉，有些冷。像白瓷。像雪。像高山雪莲。它不媚不俗，它只做着它自己。

人说，冷若冰霜。是不是有妒忌和不甘在里头？因为，他达不到那种境界，他做不到从身体到灵魂，都一尘不染。

霜的热，在它心里头，你看不到。你吃着霜后的青菜、白菜，和霜后的萝卜，你就知道了，"蔬菜苦菜生山田及泽中，得霜甜脆而美"——经霜的蔬菜，真是好吃。

"霜降杀百草"——其实，真的是误解了霜了！明明是冰冻杀了百草，却要摊到无辜的霜的头上。霜也不去争辩。有什么可辩解的呢！不是也有人写诗赞美它么：

山明水净夜来霜，数树深红出浅黄。

它悄然而来，又悄然而去。它在这个世界之中，它又在这个世界之外。

立 冬

我不知道，这是不是爱情的一种。

11 月 7~8 日，水始冰、地始冻、雉入大水为蜃。

季节尚还在秋着，而立冬，又真真切切地站到跟前。

时间的脚步是一点也不等人的。常常，你这边丝毫未曾觉察，它那边，早已跑过十万八千里去了。人生多的不是不如意，而是对光阴的无奈，也才生出"白驹过隙"的感叹。更多的时候，你只有，被动地接受。在这被动里，倘若能寻出一些活的趣味来——这大概，就是做人的好了。

古时民间，是把立冬日当作节日来过的。想想，又哪一个节气，他们不是当作节日来过？他们心思单纯，日日都是好日子。我在写这些节气的时候，常不免要发些呆，真想穿越过去，做一回古人。

古书上曰："立，建始也。""冬，终也，万物收藏也！"热情也终有期，人类如此，自然界亦如此。一春的繁华，一夏的茂密，一秋的斑斓，这承载万物的大地，也该歇歇了。立冬日一早，天子出郊迎冬，赐群臣冬衣，抚恤在战争中失去亲人的孤寡。民间百姓则展开一系列送秋迎冬的活动，如祭祖、饮宴、卜岁。

这是从前的立冬。现在的立冬，早已丢失掉这些热闹了。

但风景，却一如从前：

吟行不惮遥，风景尽堪抄。

天水清相入，秋冬气始交。

饮虹消海曲，宿雁下塘坳。

归去须乘月，松门许夜敲。

诗人的玩性真大，一直玩到月上树梢头。他眼里的秋冬之交，风景是那样独特——尽堪抄的，难怪会绊惹了他的脚步。隔了七八百年的烟雨风尘，自然所呈现的，似乎从未曾改变过。我眼前的海边滩涂，盐蒿已遍身红透，红花朵一样的，一直红到天涯去了。茅草们抽出白的花絮，像拂尘似的，迎风摆着。一些顽强的小野花，还撑着或黄或白的小脸蛋，在将枯未枯的草丛里，无心无肺地笑着。大地真像件织染的裙。

我来这里，是为看最后的秋。我相遇到成片的林子，杉树林，银杏林，杨树林，竹林。上千亩，上万亩，莽莽苍苍。有老牛或站或卧在林子里，相当安详地啃着草。草还有些青色，而落叶已铺成软软的黄毯子。

守林人的小屋，搭在竹林的边上。两间小棚屋，茅草盖顶，渔网遮窗。屋上牵着扁豆藤和丝瓜藤。扁豆还有零星的花在开。丝瓜的曾经，应该很繁盛，那么多丝瓜老了，就那么在藤上悬着挂着，懒散疏离，却又有种说不出的安然。画家若看见，肯定会激动死了，这画面，堪称一绝。

守林人七十有五，在这里守林十四年了。他养一条狗、几只鸡。狗也上了年岁吧，看见我去，没吠，很友好地打量了我几眼，趴一边闭目养神去了。鸡看见我，咯咯叫着跑过来，讨吃的。

守林人在棚屋前忙活，见有外人突然撞入，他也不好奇，也不惊讶，抬眼看我一下，复又低头。他手里正用土坯在做泥罐之类的东西。他说是他刚学会的，他要用它来长葱。

我看一眼他的小棚屋，屋前屋后的空地不少，哪里都能长葱的。

他说，不一样的。

也是，这怎么能一样呢？小屋的门前，摆上几罐青葱，当花赏得，当蔬菜吃得，粗糙的生活，会变得不一样的。

何况，这是他亲手做的泥罐。

他却说，这是给他老伴做的，他老伴比他小四岁，在城里，

320

帮他们的小儿子带小孙子。小孙子才两岁不到哇，离不了人的，他告诉我。

等葱长好了，我就给老太婆送去，他说。

老太婆会喜欢的。他满意地打量着手上的泥罐，笑出一脸的波浪来。

我听得怔怔的，内心温热。我不知道，这是不是爱情的一种。

大 雪

等待的心，简直就要蹦出来了。

12 月 6~8 日，鹖旦不鸣、虎始交、荔挺生。

我一直搞不懂，我到底算是南方人，还是北方人。

我去北方时，北方人称曰，你们南方人怎样怎样。我到南方时，南方人称曰，你们北方人怎样怎样。

海离我的小城不远，是黄海。江离我的小城不远，是长江。不过，我在江北。

我爱南方的温润和柔媚。一场雨后，那青石板铺就的老巷子里，有兰花的香气在游走。隔江相望，我的骨子里或许也浸染了一二。于是常带给人假象，陌生人首次见面，会询问我，你是江南人吧？然我又极爱面食和北方菜，山东煎饼、馒头和东北乱炖，我都吃得欢欢的。比小白兔吃萝卜还欢。日日吃着，都不嫌腻。

节气的抵达，怕也如我这般疑惑，不知它算是北方的呢，还是南方的。它到达我这里，总会慢上半拍，比北方要晚，比南方要早。

像这大雪日的到来。

古语云："大者，盛也，至此而雪盛也。"朋友威在哈尔滨，这个节气里，她那里已下过好几场雪了，雪厚得能堵门。我这里，却是连绵的阴雨，阴得钻人骨头。冷，又冷得不干不脆的，让人焦急。

焦急着等一场雪。

雪终于姗姗而来。虽是蜻蜓点水的那么几枚，可足以让我们兴奋的。

——看，下雪了。街上多的是这种惊喜的声音。

那会儿，我正站在一棵掉光叶的梧桐树下，等那人停车。我说，要庆祝下雪。

两个傻瓜一拍即合，我们决定在外用餐。

午时的天空，阴，一片混浊。然因那几枚雪，竟也点缀出童话的色彩。

我伸手接雪。用围巾接雪。用帽子接雪。谁能忽视它的到来？它的纯洁和晶莹，总能在瞬间，碰疼人心底的柔软。

我们都是柔软的。

一闪念，忽然想起康海这个人来。明代大才子，少年时就显露出非凡的才华，人见之，预言，必中状元。后果真大魁天下。他为人刚正不阿，这样的人，在官场中势必要遭到怨恨与陷害。他后来被削职为民，再不过问仕途，一心只创作乐曲歌辞，自比为乐舞谐戏的艺人，为他家乡的秦腔，做出卓越的贡献。后人给予评价：官场不幸秦腔幸。

这样的人，有着雪的风骨，是要瞻仰着才是。他的诗文，亦是骨骼奇秀的。他写过一首《冬》的诗，很应我眼前的景：

云冻欲雪未雪，梅瘦将花未花。

流水小桥山寺，竹篱茅舍人家。

三笔两画，一幅乡村冬日图，就活灵活现着了。初读，以为是静止的。像佛乐《云水禅心》，古筝叮咚，乐曲突然地滑翔下去，那种空灵，无有尽头。我总觉得，佛乐是有颜色的，青色，或者银灰，最配。空旷，迷离，如这冬日一场大雪前。

然分明又是驿动的。无论是云，还是梅，还是流水，还是小桥，还是山寺，还有竹篱和茅屋，它们都在翘首以待一场雪。等待的心，简直就要蹦出来了。

也许只是一盏茶的工夫，这场雪，就会沸沸扬扬而下。它们将在梅枝上雕刻花朵。将在流水上裙摆轻扬。将在小桥上铺设雪毯。它们调皮地打着滚儿，在山寺的屋顶上，在人家的篱笆墙上。

这个时候，最好能约上三五知己，围炉取暖。喝点小酒，唱点小曲，读点闲书，说点闲话。门外，雪和夜色，慢慢倾城。